Fabian Lenk

Die Zeitdetektive

Das Silber der Kreuzritter &
Falsches Spiel in Olympia

Fabian Lenk

Die Zeitdetektive

Das Silber der Kreuzritter & Falsches Spiel in Olympia

Mit Illustrationen von Almud Kunert

Ravensburger Buchverlag

MIX
Papier aus verantwortungsvollen Quellen
FSC
www.fsc.org
FSC® C006701

Sonderausgabe
als Ravensburger Taschenbuch
Band 54370
erschienen 2011

Diese Sonderausgabe enthält zwei Bände
der Serie „Die Zeitdetektive",
erschienen im Ravensburger Buchverlag:
„Das Silber der Kreuzritter"
(Band 9, erstmals erschienen 2007)
„Falsches Spiel in Olympia"
(Band 10, erstmals erschienen 2008)

Umschlaggestaltung: Dirk Lieb
unter Verwendung von Illustrationen
von Almud Kunert
Innenillustrationen: Almud Kunert

Printed in Germany

ISBN 978-3-473-54370-0

www.ravensburger.de

Inhalt

Kim, Julian, Leon und Kija – die Zeitdetektive

Die schlagfertige Kim, der kluge Julian, der sportliche Leon und die rätselhafte, ägyptische Katze Kija sind vier Freunde, die ein Geheimnis haben …

Sie besitzen den Schlüssel zu der alten Bibliothek im Benediktinerkloster St. Bartholomäus. In dieser Bücherei verborgen liegt der unheimliche Zeit-Raum „Tempus“, von dem aus man in die Vergangenheit reisen kann. Tempus pulsiert im Rhythmus der Zeit. Es gibt Tausende von Türen, hinter denen sich jeweils ein Jahr der Weltgeschichte verbirgt. Durch diese Türen gelangten die Freunde zum Beispiel ins alte Rom oder nach Ägypten zur Zeit der Pharaonen. Aus der Zeit der Pharaonen stammt auch die Katze Kija – sie haben die Freunde von ihrem ersten Abenteuer in die Gegenwart mitgebracht.

Immer wenn die drei Freunde sich für eine spannende Epoche interessieren oder einen mysteriösen Kriminalfall in der Vergangenheit wittern, reisen sie mithilfe von Tempus dorthin.

Tempus bringt die Gefährten auch wieder in die Gegenwart zurück. Julian, Leon und Kim müssen nur an den Ort zurückkehren, an dem sie in der Vergangenheit gelandet sind. Von dort können sie dann in ihre Zeit zurückreisen.

Auch wenn die Zeitreisen der vier Freunde mehrere Tage dauern, ist in der Gegenwart keine Sekunde vergangen – und niemand bemerkt die geheimnisvolle Reise der Zeitdetektive …

Das Silber
der Kreuzritter

Inhalt

Vier Pferde und ein Rätsel

Die Sache ließ ihm keine Ruhe. Julian stand am Fenster seines Zimmers und starrte hinaus in die Dunkelheit. Es war kurz vor Mitternacht und Julian hätte eigentlich längst schlafen sollen. Eigentlich. Doch morgen konnte er ausschlafen, es waren Sommerferien. In seinem Kopf wirbelten die Gedanken. Heute Nachmittag waren seine Eltern und er aus einem zweiwöchigen Urlaub in Venedig zurückgekehrt, und die Eindrücke der Lagunenstadt ließen Julian noch nicht los. Venedig mit seiner gewaltigen *Basilica di San Marco* und dem *Palazzo Ducale*, der auf Julian wie eine Festung gewirkt hatte. Eine Stadt voller verborgener Winkel und Gassen, umspült vom allgegenwärtigen Meer. Julian hatte nicht geglaubt, dass ein Ort auf dieser Welt so vielseitig sein könnte. Und verwirrend – so verwirrend wie das Labyrinth seiner verzweigten Wege zu Wasser und zu Land.

Was Julian aber vor allem wach hielt, war das Rätsel

um vier Pferde aus vergoldeter Bronze. Die *Quadriga* gehörte zu den berühmtesten Sehenswürdigkeiten Venedigs. Die Tiere wirkten täuschend echt. Als Julian die Pferde über dem Hauptportal der Basilica di San Marco erblickt hatte, hatte er sie fast wiehern und stampfen hören. Sie waren ein Meisterwerk mit einer ungewöhnlichen Geschichte. Die Pferde, so hatte es ihr Fremdenführer Francesco erklärt, standen einst in *Konstantinopel*. Im Jahr 1204 seien sie von *Kreuzrittern* und Venezianern nach Venedig gebracht worden.

Kreuzritter? Julian hatte geglaubt, sich verhört zu haben. Was hatten die Kreuzritter in Konstantinopel, dem heutigen Istanbul, gewollt? War das Ziel der Kreuzritter nicht immer Jerusalem gewesen? Doch auf diese Frage hatte Julian von Francesco keine befriedigende Antwort erhalten. Das sei eine sehr dunkle Geschichte, hatte Francesco ausweichend geantwortet. Julian hatte seine Frage wiederholt. Da hatte der Fremdenführer den Jungen ärgerlich angeschaut und gemurmelt: „Das ist eine Geschichte voller Blut und Tränen, voller Verrat und Lügen. Ich habe keine Lust, sie zu erzählen. Siehst du den Palazzo da vorn? Das ist der Palazzo Ducale. Dort gehen wir jetzt hin. Und da kannst du mich so viel fragen, wie du willst."

Doch Julian hatte der Fall nicht mehr losgelassen. *Eine Geschichte voller Blut und Tränen, voller Verrat und Lügen?* Die bronzenen Pferde trugen ein Geheimnis in sich. Und Julian wäre nicht Julian, wenn er nicht versuchen würde, dieses Rätsel zu knacken. Morgen Mittag war er mit Leon, Kim und Kija im Venezia, der besten Eisdiele ihres Heimatstädtchens Siebenthann – wenn nicht sogar der Welt – verabredet. Julian war überzeugt, dass sich auch seine Freunde für den ungewöhnlichen Fall interessieren würden.

Am nächsten Tag hatte die Gefährten Glück. Als sie auf die Eisdiele Venezia zusteuerten, wurde gerade ein Tisch frei. Kurz darauf standen gewaltige Eisbecher vor den Freunden.

„Komm, erzähl", forderten Leon und Kim Julian auf. Die beiden hatten die Ferien bisher überwiegend im Freibad verbracht und keine Sekunde bereut. Aber Venedig war sicher auch spannend.

Als Julian erzählte, wurden Leons und Kims Augen immer größer. Erst zum Schluss, die Eisbecher waren längst geleert, kam er auf die Quadriga zu sprechen.

„Klingt seltsam", sagte Kim. „Was wollten die Kreuzritter in einer Stadt, die weit östlich von ihrem eigentlichen Ziel liegt?"

„Dazu müssten wir Informationen in unserer Bibliothek finden", sagte Julian und sah seine Freunde erwartungsvoll an.

Leon zog die Stirn kraus. „Du willst jetzt Bücher

wälzen, bei diesem Wetter?" Mit dem Daumen deutete er auf den Rucksack, in dem seine Badesachen waren. „Ich dachte, wir gehen schwimmen."

Kim nickte. „Ich eigentlich auch. Aber gegen einen kleinen Abstecher in die Bibliothek ist doch nichts einzuwenden."

Leon war einverstanden. Also radelten die Freunde zum Reich der Bücher. Kija saß in einem Korb, der an Kims Lenkstange hing, und ließ sich den Fahrtwind um das Näschen wehen.

Die Bibliothek hatte in den Ferien nur vormittags jeweils drei Stunden geöffnet. Nun war sie geschlossen, jedenfalls für die normalen Benutzer. Julian kramte den Schlüssel hervor und öffnete die Tür. Schnell huschten sie in das düstere Gebäude. Hinter ihnen schloss Julian sorgsam wieder ab. Über eine knarzende Holztreppe gelangten sie in den Saal mit den Geschichtsbüchern. Dort steuerten sie ein Regal an, von dem sie wussten, dass dort Literatur zum Thema Mittelalter stand.

„Bingo!" Kim zog zufrieden einen Band über die Kreuzritter hervor. Sie klappte die ersten Seiten auf und überflog das Inhaltsverzeichnis. „Schaut mal her!", rief sie kurz darauf.

Leon und Julian kamen zu ihr.

„Der Vierte Kreuzzug gilt als der sinnloseste von allen der insgesamt sieben Kreuzzüge. Er war eine einzige Katastrophe und brachte nur Scham und Schrecken. Und er führte über Venedig“, las Kim laut vor. „Papst Innozenz III. hatte zum Vierten Kreuzzug aufgerufen, um Jerusalem von den Moslems zu erobern. Das Heer der Kreuzfahrer bestand aus rund 10.000 Mann. Sie planten, im Juni 1202 von Venedig aus nach Palästina zu segeln. Die Schiffe wollten sie von den Venezianern mieten. Der *Doge* Enrico Dandolo verlangte …“

„Was ist das, ein Doge?“, fragte Leon.

„So etwas wie der Anführer oder Bürgermeister“, erklärte Julian. „Die Dogen stammten immer aus einer sehr reichen Familie und waren auch stets sehr alt, oft über 70 Jahre. Sie regierten die Stadt, wurden aber sehr streng von einer Art Stadtrat kontrolliert.“

„Aha“, sagte Kim und fuhr mit dem Vorlesen fort. „Der Doge Enrico Dandolo verlangte 85.000 *Silbermark* für 200 Schiffe. In der damaligen Zeit war das eine sehr hohe Summe.“ Sie überflog die nächsten Zeilen und fasste zusammen: „Die Kreuzritter hatten viel Gold und Silber dabei, doch dann gerieten sie in Geldnot und konnten den Betrag nicht aufbringen.“

Aufgeregt zupfte sich Leon am Ohrläppchen. „Seltsam …“

„Und dann?“, wollte Julian wissen.

„Dandolo gab ihnen die Schiffe und stundete ihnen die Schulden. Im Gegenzug mussten die Kreuzritter für ihn die Städte *Zara* und später Konstantinopel erobern“, erläuterte Kim. „Diese Städte machten den Venezianern damals starke Konkurrenz, zum Beispiel beim Gewürzhandel mit Ländern im Osten und Süden von Italien. Diese Länder nannten die Italiener *Levante*. Levante heißt Sonnenaufgang und meint das Morgenland.“

Julian nickte nachdenklich. „Und so gelangten die bronzenen Pferde nach Venedig. Aber eine andere Frage ist nicht beantwortet: Wieso ging den Kreuzrittern das Geld aus? Lasst uns weitersuchen!“

Doch die Freunde fanden nur Vermutungen.

„Irgendetwas muss damals in Venedig vorgefallen sein“, grübelte Julian laut. „Wo ist das Geld der Kreuzritter geblieben?“

„Es gäbe eine bewährte Möglichkeit, das herauszufinden!“ Kim lächelte.

„Du meinst …“

„Genau das!“, rief Kim mit geröteten Wangen. „Los, Jungs, das Schwimmbad läuft uns nicht davon. Nach Venedig wollte ich immer schon mal und Julian hat ja so von dieser Stadt geschwärmt! Lasst uns eine kleine Zeitreise machen und ermitteln, wo der Schatz der Kreuzritter geblieben ist!“

„Ja, tolle Idee! Ich bin dabei!“, stieß Leon hervor.

Julian schluckte. Das ging ihm alles ein wenig zu

schnell. Er hätte sich lieber in Ruhe auf die Reise ins Mittelalter vorbereitet und noch mehr gelesen. Aber er kannte seine Freunde, brauchte nur in ihre Gesichter zu sehen: Kim und Leon waren nicht mehr zu bremsen. Kim stellte das Buch an seinen Platz zurück und lief zum geheimnisvollen Zeit-Raum Tempus, der hinter einer Regalwand verborgen war. Leon, Julian und Kija folgten ihr.

Gemeinsam schoben sie das hohe Regal, das auf einer im Boden versenkten Schiene stand, beiseite.

Die Tür zu Tempus tauchte auf. Schwarz und voller geheimnisvoller Schnitzereien. Übersät mit Symbolen und Fratzen, abweisend und unheimlich. Kim zog die Pforte zur Geschichte einen Spalt auf, gerade breit genug, dass ihre Freunde und sie hindurchschlüpfen konnten. Wie gewohnt empfing sie der bläuliche Nebel. Doch sonst, stellten Julian, Kim und Leon sofort fest, war alles anders, als sie es von ihren früheren Abenteuern kannten. Der Boden pulsierte schneller im Rhythmus der Zeit, es war ein jagender, gehetzter Takt. Die Geräusche, die aus den Tausenden, wild auf- und zuschlagenden Türen herausbrachen, waren lauter, greller und noch erschreckender. Hinter einer von ihnen schien ein Orkan zu toben. Sein Brüllen, Pfeifen und Heulen wurde von dem lauten Ticken und Rasseln einer gewaltigen Uhr untermalt, deren Zahnräder sich immer schneller drehten, wie außer Kontrolle geratene Karussells.

Leon nahm sich als Erster ein Herz und wagte sich tiefer in den verwirrenden Raum hinein. Er ging an der Wand entlang, um die Jahreszahlen, die über jeder Tür standen, im Nebel entziffern zu können. Die anderen hielten sich dicht hinter Leon. Wo war das Tor mit der Zahl 1202?

Eine Weile irrten sie herum, schweigend und ängstlich. Der Boden schwankte unter ihren Füßen. Julian schloss die Augen. Tempus würde ihm immer Angst einjagen. Aber heute war es noch … ein Donnerschlag ließ ihn die Augen aufreißen. Grelles Licht folgte dem Getöse, teilte den Nebel und erhellte für einen kurzen Moment eine unscheinbare Tür. Im Blitzlicht war deutlich die Zahl 1202 zu sehen gewesen! Sekunden später standen die Freunde vor der gesuchten Pforte. Erleichtert sahen sie sich an. Dann nahm Kim die Katze auf den Arm. Die Kinder fassten sich an den Händen und konzentrierten sich mit aller Kraft auf Venedig. Denn nur so konnte Tempus sie an den gewünschten Ort bringen. Dann traten sie durch die Tür und fielen ins Nichts. Es war aber kein Sturz in bodenlose Tiefen, sondern ein angenehmes Schweben, wie das Hinabgleiten eines Tauchers in immer dunkleres Wasser.

Im Labyrinth

Die Freunde traten zurück ins Licht. Eine rötliche Granitsäule entließ sie auf einen dicht bevölkerten Platz. Handwerker in grober Leinenkluft schlenderten vorbei, in Seide gehüllte *Patrizierinnen* mit hochgesteckten Haaren unterhielten sich angeregt miteinander und ein junger, hochnäsig wirkender Mann mit Schnabelschuhen aus Leder ging nervös auf und ab. Fliegende Händler mit nach Honig duftenden Süßigkeiten hatten ihre Waren ausgebreitet und ein Bettler mit verfilzten Haaren bat mit ausgestreckter Hand um eine milde Gabe. Die Luft, getränkt vom nahen Meer, roch leicht salzig.

Niemand nahm Notiz von den drei Kindern und der Katze, als sie die *Piazzetta San Marco* betraten und Teil des mittelalterlichen Venedigs wurden. Verblüfft drehten sich die Freunde um.

„Sieht so aus, als seien wir tatsächlich durch diese Säule angereist", sagte Kim verdattert.

„Ja, und das ist nicht irgendeine Säule", rief Julian

begeistert. „Seht ihr den Löwen mit den Flügeln oben auf der Säule? Der Löwe stellt den heiligen *St. Markus* dar, den Schutzpatron der Stadt. Das weiß ich noch von der Führung!"

„Die Säule sollten wir uns für die Rückreise gut merken", sagte Leon und nahm Kija auf den Arm.

„Und da vorn ist der *Markusplatz*!", ergänzte Julian. „Dort steht die Basilica di San Marco!"

Wenig später standen sie staunend vor der orientalisch wirkenden Kirche aus weißem Marmor mit den fünf bleigedeckten Kuppeln, auf denen je ein mächtiges goldenes Kreuz thronte. Farbenprächtige Mosaiken, die Szenen aus der Bibel darstellten, verzierten die fünf

oben abgerundeten Torbögen, durch die die Basilika betreten werden konnte. Über diesen Bögen hatten *Steinmetze* feinstes *Maßwerk* und Türmchen in verschwenderischer Zahl angebracht, die der Kirche etwas Verspieltes gaben. Im warmen Licht der untergehenden Sonne blitzte überall Gold auf. Die Basilika sah fast so aus wie bei Julians Besuch mit seinen Eltern. Doch dort,

genau über dem Haupteingang, fehlte etwas ganz Entscheidendes: die Quadriga!

Julian lächelte. Natürlich fehlten die Pferde. Jetzt, im Jahr 1202 standen sie noch in Konstantinopel. Noch …

„Aus dem Weg, Bursche!“ Jemand schob Julian grob beiseite. Ein Mann, klein und dick, drängte sich an ihm vorbei. Er trug einen *Waffenrock* mit rotem Kreuz über seinem *Wams*.

„Ein Kreuzritter“, rief Julian. „Wir sollten ihm folgen! Er wird uns zu den anderen Kreuzrittern führen. Die haben hier doch ganz bestimmt ein Lager.“

Für einen Moment hatte es den Anschein, als wollte der Ritter die Kirche betreten. Doch dann machte er bei einer Frau, die im Schatten des mittleren Torbogens saß, halt. Die Frau hatte drei kleine Körbe mit *Busolai,* einem feinen Gebäck, vor sich stehen. Kija maunzte und machte Anstalten, zu den Leckereien zu flitzen, doch Leon hielt sie zurück. Prüfend beugte sich der Mann über die Körbchen, während die Frau auf ihn einredete.

In diesem Augenblick huschten zwei Kinder heran, die etwa im Alter der Freunde waren: ein Mädchen und ein Junge. Ihre Kleidung, bestehend aus durchlöcherten Hemden und zerschlissenen Hosen, starrte vor Schmutz. Die Füße waren nackt. Das Mädchen hatte lange schwarze Haare, die ungebändigt auf seine Schultern herabfielen. In seinem düsteren Gesicht mit dem verkniffenen Mund schimmerten wunderschöne große, dunkle Augen. Der Junge war einen halben Kopf kleiner als seine Begleiterin und sehr dünn. Er schniefte ständig und wischte sich mit dem fadenscheinigen Ärmel über die spitze Nase. Sein Blick wanderte unruhig hin und her und er zitterte am ganzen Körper, als habe er Fieber. Jetzt erblickte der Junge die Körbe mit den Busolai. Er gab dem Mädchen ein Zeichen. Dann ging alles blitzschnell. Als die Verkäuferin dem Ritter gerade eine Handvoll Kekse aus dem linken Körbchen reichte, griffen die Kinder in den rechten Behälter und flohen augenblicklich mit ihrer Beute. Die Händlerin schrie, der Ritter nahm die Verfolgung auf, doch die kleinen Diebe entkamen in der Menge.

„Mann, waren die fix“, sagte Leon mit einer Spur Anerkennung in der Stimme.

„Habt ihr gesehen, wie abgerissen sie angezogen waren?“, fragte Kim betroffen. „Das sind bestimmt Straßenkinder. Die tun mir echt leid.“ Sie sah an sich herab. „Da haben wir es besser getroffen. Zumindest, was die Kleidung angeht.“ Jeans, T-Shirt und Turnschuhe waren verschwunden. Stattdessen trug Kim ein weites, graues Leinenkleid mit einem einfachen Gürtel und grobe Lederschuhe. Leons und Julians Füße steckten in Lederstiefeln, die bis knapp über die Knöchel reichten.

Außerdem trugen die Jungen Leinenhemden, dünne Wämser und braune *Beinlinge*, die man aufrollen konnte, wenn es zu warm wurde. Sie waren mit Schnürbändern am Wams befestigt.

„Einfach nur schick", urteilte Julian grinsend. „Aber jetzt sollten wir zusehen, dass wir das Lager der Kreuzritter finden. Vielleicht können wir uns dort als Knechte verdingen. Zu dumm, dass der Kreuzritter verschwunden ist."

Doch Kim zuckte unbekümmert mit den Schultern. „Macht nichts, lasst uns die Stadt erobern! Irgendwo werden wir schon noch einen anderen Ritter finden. Es sind doch Tausende in Venedig!"

Die Freunde machten sich auf die Suche. Sie ließen sich einfach durch die Straßen treiben und vom eigenartigen Zauber der Stadt einfangen. Schließlich gelangten sie in das Gassengewirr des *San-Marco-Viertels*. Zunächst liefen sie durch eine gepflasterte Hauptgasse, gerieten dann jedoch in eine düstere, schlammige Seitengasse, in die sich die Sonne nur selten verirrte, weil die Häuser so dicht zusammenstanden, dass sich die Dächer fast berührten. Hier roch es nach brackigem Wasser und fauligem Holz. Aus einer Metzgerei drang der Geruch nach Blut, dann stieg den Freunden aus einer Bäckerei der Duft von warmem Brot in die Nase.

„Allmählich bekomme ich Kohldampf“, bemerkte Leon.

„Ich auch“, sagte Kim. „Hoffentlich können wir bald ein wenig Geld verdienen, damit wir uns etwas kaufen können.“ Bedrückt dachte sie an die armen Straßenkinder, die ihr Essen stehlen mussten.

Nach jeder Ecke veränderte sich die Gasse. Sie wurde breiter, verengte sich wieder, duckte sich unter *Arkaden* und Wäscheleinen, führte über schattige Plätze, verwinkelte Kreuzungen und Brücken. Das Wasser war allgegenwärtig. Es stand in einem schmalen düsteren Kanal oder plätscherte durch einen breiten *Rio*.

Nach kurzer Zeit gab Julian den Versuch auf, sich den Weg zu merken – es war vollkommen sinnlos. Die Stadt faszinierte ihn wie bei seinem letzten Besuch, doch sie ängstigte ihn auch. Denn jetzt war kein Fremdenführer in der Nähe, der ihnen aus diesem Gewirr half. Sie waren auf sich selbst gestellt.

Plötzlich öffnete sich vor ihnen ein *Campo* mit einer kleinen Kirche. In der Mitte des Platzes stand einer der typischen Brunnen, der *Pozzo*. Die Häuser mit ihren kleinen Fenstern und Türen ragten dicht an dicht vor den Freunden auf. Die meisten waren aus unverputzten Ziegelsteinen errichtet und mit roten Lehmziegeln gedeckt. In den Erdgeschossen befanden sich kleine

Läden und Werkstätten. Vor dem Brunnen unterhielten sich zwei Frauen.

Julian trat an sie heran und lächelte. „*Buona sera!* Können Sie uns sagen, wo das Lager der Kreuzritter ist?“

Die Ältere der Frauen schüttelte den Kopf. „Ein Lager? *No!* Die Ritter wohnen in Herbergen, sie sind auf die ganze Stadt verteilt.“ Die Frau deutete in alle Himmelsrichtungen. „Aber einer ihrer Anführer wohnt hier ganz in der Nähe.“ Umständlich beschrieb sie ihnen den Weg.

„*Tante grazie*“, erwiderte Julian und lächelte unsicher.

Die Kinder wandten sich in die angegebene Richtung.

„Kein Lager? Das ist schlecht.“ Leon runzelte die Stirn. „Ich frage mich, ob wir bei einem Hauptmann Arbeit finden. In einem großen Lager wäre das sicher einfacher.“

Die Freunde bogen um eine Ecke und standen plötzlich vor einem breiten Strom.

„Der *Canal Grande*!“, sagte Julian.

Eine schier unglaubliche Vielzahl von Wasserfahrzeugen glitt an ihnen vorbei – bullige *Koggen*, prächtige Kriegsschiffe und bunte Gondeln. Julian staunte. Aus der Gegenwart kannte er nur einheitlich schwarze

Gondeln. Doch diese hier, die elegant an ihnen vorbeiglitten, lieferten sich einen eitlen Wettkampf in Sachen Farbenreichtum. Sie waren ähnlich bunt wie die Pfähle, die überall im Canal Grande standen und als Seezeichen den Verkehr regelten. Am gegenüberliegenden Ufer reihten sich schmucke *Palazzi* aneinander. Die venezianischen Paläste überboten sich in ihrer luxuriösen Ausstattung: schmale, elegante Fenster aus feinstem Glas, breite Balkone, verspielte Zinnen auf den Dächern. Vor den Prunkbauten standen massive Holzstangen mit den Wappenschildern der Patrizier im Wasser und markierten den dazugehörigen Landungssteg. Die untergehende Sonne überzog Häuser und Schiffe mit einem goldenen Glanz. Möwen stürzten sich kreischend ins Wasser und verfolgten ein *Topo*, das Segelboot eines Fischers.

Überwältigt ließ sich Kim an der Kaimauer nieder. „Oh, ist das schön!“, entfuhr es ihr. Kija kuschelte sich dicht an sie und verfolgte interessiert die Jagd der Möwen nach Fisch.

Auch Leon und Julian hockten sich hin. Vergessen war der Hunger, verdrängt war die Gefahr der nahenden Nacht. Sie beobachteten das Schauspiel, das ihnen geboten wurde, von ihrem Logenplatz.

Doch die Dunkelheit ließ sich nicht aufhalten. Sie schlich heran, griff mit schwarzen Fingern in die Stadt, hüllte Kanäle und Gassen ein. Neben den Freunden flackerte das Licht einer Laterne auf, und erst jetzt bemerkten sie, dass sie die Zeit vergessen hatten.

Leon sprang als Erster auf. „Wir müssen los und eine Unterkunft für die Nacht finden!", rief er. „Am besten die Herberge, wo der Kreuzritter wohnen soll. Hat noch jemand die Wegbeschreibung der Frau im Kopf?"

„Nö", gab Kim zu. „Aber so toll war die nun wirklich nicht. Den Laden finden wir auch so!"

Sie liefen in die Gasse zurück, aus der sie gekommen waren. Hier brannte keine Laterne. Es war so düster, dass sie kaum die Hand vor Augen sahen. Leon stolperte über einen Stein und fluchte. Etwas huschte an ihnen vorbei – es war länglich, pelzig und ausgesprochen schnell. Kija fauchte.

„Eine Ratte!", rief Julian angewidert. „Bloß weg hier! Da vorn brennt Licht."

Julian stolperte voran, dem Lichtschimmer entgegen. Sie gelangten auf einen verlassenen Campo. Doch nun war das Lampenlicht verschwunden, wie eine Kerze, die jemand ausgeblasen hatte. Ein Hund jaulte. Irgendwo schlug eine Tür. Kühl wehte der Wind über den Platz, wirbelte Staub auf und trieb ihn gegen den *Campanile*, einen schlanken Kirchturm mit offener Glockenkammer, die von einem pyramidenförmigen Dach gekrönt wurde.

„Wo, wo sind wir?“, fragte Julian überflüssigerweise. Er verwünschte ihren Leichtsinn. Sie hätten die Zeit nicht aus den Augen verlieren dürfen! Wie sollten sie bei Dunkelheit in diesem Labyrinth ein bestimmtes Gebäude finden?

Plötzlich ertönte ein Pfiff. Der Hund verstummte. Dann ein knappes Kommando. Ein Schatten tauchte in einer der Gassen auf, die auf den einsamen Platz führten. Dann noch einer und noch einer. Kleine, flinke Schatten – es waren fünf Kinder, die die Freunde umringten. Kija machte einen Buckel und fauchte erneut.

„Seht nur, da ist das Mädchen von heute Nachmittag“, wisperte Kim. Jetzt erkannten auch Julian und Leon das Mädchen wieder. Neben ihm stand der schmale, schniefende Junge.

Jetzt trat das Mädchen einen Schritt vor. Sein Gesicht war wie aus Stein, als es zischte: „Was habt ihr hier verloren? Das ist unser Viertel. Es ist sehr mutig von euch, hier herumzuschnüffeln. Aber diesen Mut werdet ihr jetzt bereuen!“

Ela, die Flinke

Unwillkürlich rückten die Freunde dichter zusammen. In Leons Kopf wirbelten die Gedanken. Was sollten sie tun? Einen Fluchtversuch unternehmen oder etwa zum Angriff übergehen?

Die Straßenkinder zogen den Ring um sie enger.

Da spürte Leon Kija an seinen Beinen. Die Katze huschte zwischen seinen Füßen hindurch und lief geradewegs auf das Mädchen zu, das offenbar die Anführerin der Gruppe war.

„Bleib hier!“, rief Leon.

Doch die Katze ließ sich nicht stoppen, erreichte das Mädchen und lief schnurrend um seine Beine.

„Das darf ja wohl nicht wahr sein“, entfuhr es Leon. Für ihn sah es so aus, als würde Kija gerade zum Feind überlaufen. Aber das wollte so gar nicht zu der Katze passen. Was hatte sie vor?

Das Mädchen sah überrascht zu Kija hinab. Für einen Moment wirkte das Straßenkind unschlüssig. Als die Katze maunzte, beugte es sich zu ihr herab und streckte die Hand nach ihr aus. In dieser Sekunde schlug Kija zu – ein gut platzierter Hieb mit den ausgefahrenen Krallen. Das Mädchen schrie auf und zog die Hand zurück. Kija sprang zwischen den Straßenkindern hindurch und verschwand in einer Gasse.

„Das Mistvieh hat mich gekratzt", schimpfte das Mädchen und starrte auf seine leicht blutende Hand. Seine Freunde kamen zu ihm, um die Wunde zu betrachten.

„Jetzt!", flüsterte Leon und rannte los. Mit Kim und Julian wetzte er an den verblüfften Straßenkindern vorbei in die Gasse, in die Kija geflitzt war.

„*Maledizione!*", fluchte das Mädchen. „Hinterher!"

Die Freunde rannten, so schnell sie konnten, ohne Ziel, ohne Plan. Nach fünfzig Metern hatten sie Kija erreicht, die behände über das unebene Pflaster sprang. Hinter ihnen gellten Rufe durch die Nacht. Keine Frage, die Straßenkinder hatten die Verfolgung aufgenommen.

Leon, Kim und Julian stolperten weiter. Urplötzlich tauchte eine schwarze Hauswand vor ihnen auf, und es schien, als sei der Weg zu Ende. Die Gasse machte jedoch einen scharfen Knick. Die Freunde schossen um die Ecke. Eine weitere Gasse, ebenso unbeleuchtet, eng und muffig. Eine Kirchturmuhr schlug. Dumpf rollte der Glockenklang über die Dächer der dicht an dicht stehenden Häuser. Die Rufe hinter den Freunden wurden lauter. Offenbar holten die Verfolger auf! Kein Wunder, das hier war ihr Revier!

Jetzt erreichten die Freunde einen Campo, von dem drei Wege abzweigten. Leon, der voranlief, wählte einfach den mittleren, und die anderen kamen nach, froh, dass jemand eine Entscheidung getroffen hatte.

Eine falsche Entscheidung. Denn der Weg endete abrupt vor einem schmalen Rio. Eine Treppe führte zu der trüben Brühe hinab. Der Rio war etwa vier Meter breit. Zu breit, um mit einem beherzten Sprung auf die andere Seite zu gelangen. Die Freunde fuhren herum. Fünf flinke Gestalten kamen auf sie zu …

Gehetzt sah sich Leon um – wo war hier eine Brücke? Nirgends, sie saßen in der Falle!

Doch da, was war das? Leon kniff die Augen zusammen. Gleich neben der Treppe war ein *S'ciopòn*, ein kleines, flaches Ruderboot, an einer *Palina* vertäut.

„Kommt!", stieß Leon hervor. Er nahm Kija auf den Arm und sprang von der Treppe ins Boot. Kim und Julian folgten. Rasch stieß Leon das S'ciopòn vom Pfahl ab, sodass es sich quer zum Rio drehte. Dann balancierte er über den Kahn, bis er an dessen anderem Ende stand. Nun war das andere Ufer nur noch eineinhalb Meter entfernt. Leon machte einen Satz und landete mit Kija sicher auf dem anderen Kai. Auch Julian und Kim gelang dies.

Auf der gegenüberliegenden Seite wurden Rufe laut. Die Straßenkinder hatten die Palina erreicht. Der kleine Junge, der ständig schniefte, sprang als Erster in das Boot. Aber er kam zu weit links auf, das S'ciopòn neigte sich zur Seite, und der Junge verlor das Gleichgewicht. Er ruderte mit den Armen und stieß einen spitzen Schrei aus. Dann klatschte er ins Wasser. Prustend tauchte er wieder auf und schrie: „*Aiuto!* Ich kann nicht schwimmen!"

Kim, Leon und Julian, die eigentlich ihre Flucht fortsetzen wollten, zögerten. Sie sahen, wie der kleine Junge kämpfte. Seine Freunde saßen im Boot und streckten ihm die Hände entgegen, aber der Kleine erreichte sie nicht. Keiner machte Anstalten, ins Wasser zu springen und ihn zu retten.

„Die können wahrscheinlich alle nicht schwimmen!", sagte Kim. „Wir müssen etwas unternehmen!" Sie blickte sich um und entdeckte an einer weiteren Palina ein Seil. Kurz entschlossen knotete Kim es ab und warf das eine Ende dem Jungen im Wasser zu. Der Kleine griff danach, verfehlte es aber. Das Seil versank im Wasser. Rasch riss Kim es heraus und schleuderte es erneut zu dem Jungen. Und diesmal erwischte er es. Kim zog am Seil, Leon und Julian kamen ihr zu Hilfe.

„Danke", sagte der Junge, als er schniefend vor den Gefährten stand. Seine Freunde sprangen nun auch ans

Ufer. Wieder umringten sie Kim, Julian, Leon und Kija. Doch jetzt war jede Angriffslust aus dem Gesicht der Anführerin gewichen.

„Danke", sagte auch sie. „Ihr habt Matteo das Leben gerettet."

„Ich will nach Hause." Matteo zitterte.

„Ja", sagte das Mädchen und blickte die Freunde an. „Und ihr, wo ist euer Zuhause?"

„Wir haben keins", erwiderte Julian. Dann stellte er sich, Kim und Julian vor und erzählte ihre Standardgeschichte für solche Fälle: Sie seien arme Waisen und auf der Suche nach Arbeit sowie einem Dach über dem Kopf.

„Kommt mit", sagte das Mädchen. „Ihr könnt bei uns schlafen. Ich heiße übrigens Ela."

„Ja, Ela, die Flinke", sprudelte es aus Matteo hervor. „Niemand greift so geschickt in die Taschen anderer Leute!"

Ela lachte auf. „Und ihn nennen wir Matteo, die Maus." Dann stellte sie die anderen drei der Gruppe vor: Enzo, Mario und Guiseppe. Schließlich fragte sie: „Was ist? Wollt ihr mitkommen?"

Kim, Julian und Leon nickten.

Ela führte sie durch die venezianische Nacht. Unterwegs erzählte sie ihnen, dass Matteo, sie selbst und die anderen ebenfalls keine Eltern mehr hätten. „Wir sind

Straßenkinder, leben von dem, was wir finden und uns besorgen", sagte sie. „Aber wenigstens haben wir ein Dach über dem Kopf."

Sie hatten ein halb verfallenes Haus erreicht. Vielleicht war es früher mal ein stattlicher Palazzo gewesen. Aber das war lange her. Der Putz war abgebröckelt, die Fenster geborsten. Statt einer Tür gähnte ein schwarzes, rechteckiges Loch in der Fassade. Die Kinder glitten hindurch und liefen eine Holztreppe hinauf, die zum Dachboden führte. Das Dach war teilweise eingestürzt. Mondlicht fiel durch die Lücken.

„Macht es euch irgendwo gemütlich", sagte Ela.

An einer Stelle, wo das Dach noch heil war, lagen mehrere große Säcke, die mit Stroh gefüllt waren. Dort ließen sich Kim, Julian und Leon nieder. Kija hüpfte auf Kims Schoß. Sie sahen sich um. Der Unterschlupf der Straßenkinder war alles andere als gemütlich: zugig, dreckig und kalt.

„Habt ihr Hunger?", fragte Ela und gab die Antwort selbst. „Klar, den werdet ihr haben." Sie kramte in einer Kiste hinter den Säcken, förderte einen Laib Brot zutage und verteilte das Essen gerecht unter allen Kindern.

„Ist das … äh … euer Haus?", fragte Julian. Irgendwie kam ihm die Frage blöd vor.

Ela lächelte. „Wie man's nimmt. Jedenfalls wohnen wir hier." Dann berichtete sie von ihrem Leben auf Venedigs Straßen. Ein Leben voller Abenteuer, aber vor allem voller Not und Gefahren.

„Niemand kann uns leiden", sagte Ela mit einem bitteren Zug um den Mund. „Jeder jagt uns davon. Dabei wollen wir nur eins: überleben. Dafür müssen wir eben manchmal auch etwas stehlen."

Nachdenklich schwiegen Kim, Leon und Julian.

Ela und die anderen erzählten weiter, berichteten von gefährlichen Momenten und rissen Witze über die Stadtwachen, die immer zu langsam waren, um sie einzuholen. Irgendwann stand der kleine Matteo auf und huschte aus ihrem Quartier. Er sagte nur, dass er noch etwas zu erledigen habe. Ela nickte.

Spät in der Nacht legten sich die Kinder zum Schlafen hin. Ihre Köpfe betteten sie auf die Säcke. Decken gab es nicht. Kija hatte sich dicht an Kim gekuschelt. Sanft streichelte das Mädchen den Rücken des Tieres. Kurz darauf hörten sie Schnarchen. Offenbar waren die Straßenkinder eingeschlafen.

„Ich finde Ela und die anderen eigentlich schwer in Ordnung. Und ihr?", flüsterte Kim.

„Ja", sagte Leon ebenso leise.

„Ich auch", ließ sich Julian vernehmen. „Gut, dass wir Matteo aus dem Kanal gefischt haben."

„War doch klar." Kim gähnte. „Wir sollten jetzt schlafen. Und morgen suchen wir bei Tageslicht die

Kreuzritter. Dabei können uns sicher auch die Straßenkinder helfen."

Die Freunde versuchten zu schlafen. Doch immer wieder schreckten Geräusche sie auf. Mal ächzten die Dachsparren, mal glaubten sie, ein Klopfen zu hören. Dann knarrten plötzlich die Stiegen der Treppe. Und später waren es leise Schritte, die auf das einfache Schlaflager zukamen. Leon öffnete seine Augen einen Spalt. Und tatsächlich: Im schwachen Mondlicht glitt eine schmale Gestalt an ihm vorbei – Matteo! Jetzt hockte er sich neben Ela und rüttelte an ihrer Schulter. Das Mädchen richtete sich auf.

Leon hob den Kopf ein wenig und erkannte, dass auch Kim und Julian wach waren und die Szene heimlich beobachteten.

„Sie haben Kisten voller Silbermark dabei", raunte Matteo. „Viele Kisten, hörst du?"

„Wer?", fragte Ela schlaftrunken.

„Die Kreuzritter!", stieß der Junge hervor und kicherte. „Und sie werden auch viel Geld brauchen. Der Doge verlangt 85.000 Silbermark. Dafür will er den Rittern 200 Schiffe geben, damit sie nach Jerusalem segeln können."

Ela schüttelte den Kopf. „So viele Schiffe?"

Matteo nickte. „Ja, es sind wohl 10.000 Ritter. Sie werden jedes einzelne Schiff brauchen."

„Woher weißt du das alles?“, fragte Ela nach.

Matteo kicherte erneut. „Ich war vorhin in einer Schenke unten am Canal Grande. Hab ein wenig gebettelt, du weißt schon. Und bevor mich der Wirt rauswarf, habe ich ein Gespräch von zwei Kreuzrittern belauscht. Die waren ziemlich betrunken und laut. Ideal, verstehst du? Die beiden gehören zur Leibgarde der Anführer der Kreuzritter. Der eine Anführer heißt Montferrat und der andere St. Pol. Die dürfen sogar im Dogenpalast wohnen!“

Ela stieß einen anerkennenden Pfiff aus. „Kein Wunder, dass man die beiden so vornehm untergebracht hat. Dandolo will ja viel Geld von ihnen. 85.000 Silbermark – was für eine Summe!“

„Allerdings“, stimmte Matteo ihr zu. „Scheinbar laufen gerade Verhandlungen zwischen dem Dogen und den Kreuzrittern. Sieht so aus, als wollten die Ritter den Preis für die Schiffe drücken.“

„Ja, bestimmt.“ Ela blickte an die Decke des verfallenen Hauses. „Also haben die Ritter eine gewaltige Menge Geld dabei. Weißt du, wo es ist, Matteo?“

„Leider nicht, das haben die beiden Wachen nicht gesagt.“

Ela lächelte in die Dunkelheit. „Wenn wir das herausfänden …“

Die Spur führt zum Dogenpalast

Ein Strohsack sauste auf Leons Bauch, und der Junge fuhr aus dem Schlaf. Verdattert blickte er sich um. Die Straßenkinder standen lachend um ihn, Julian und Kim herum. Eine Art Kissenschlacht war angesagt.

Schon flog der nächste Sack auf Leon zu, doch diesmal konnte er das Geschoss abfangen und zurückwerfen. Auch Kim und Julian bewaffneten sich und erwiderten das Feuer. Nach kurzer Zeit zerriss der erste Sack und Ela stoppte das Gefecht.

„*Buon giorno!*“, begrüßte sie die Freunde. „Wir werden uns jetzt etwas zum Frühstück besorgen. Ihr könnt ja mitkommen.“

Wenige Minuten später standen sie vor dem Haus. Schien die Gasse vergangene Nacht regelrecht tot gewesen zu sein, so pulsierte jetzt in ihr das Leben. Zwei junge Frauen schleppten schwere Körbe mit Wäsche an ihnen vorbei. Beide redeten gleichzeitig mit steigender Lautstärke auf einander ein. Ihnen folgten mehrere Matrosen, die leise Witze rissen. Aus einer winzigen

Werkstatt hörte man das Fauchen eines Blasebalgs. Kim warf einen Blick durchs Fenster und erkannte einen Silberschmied bei der Arbeit.

Ela führte sie weiter durch das Gewimmel der Gassen. Dabei unterhielten sich die Straßenkinder über den Schatz der Kreuzritter. Sie malten sich aus, was sie mit dem Geld alles machen würden. Auch die Freunde unterhielten sich. Allerdings so leise, dass Ela und die anderen sie nicht hören konnten.

„Wir müssen zum Dogenpalast“, sagte Julian. „Dort wohnen scheinbar die Anführer der Kreuzritter. Und wo die sind, ist auch das Geld. Meint ihr nicht?“

Schließlich erreichten sie eine belebte Piazza, wo gerade Markt war. Dort wurden saftige Pfirsiche und Birnen, rotwangige Äpfel und Brot, aber vor allem Fisch angeboten: fangfrische Sardinen, Seespinnen, Stabmuscheln und Garnelen lagen in groben Holzkisten. Das Geschrei der Verkäufer, die ihre Waren anpriesen, war ohrenbetäubend.

Ela bettelte einen Brotverkäufer an. Grob stieß der Mann sie weg, und Ela wäre hingefallen, wenn Leon sie nicht aufgefangen hätte.

„Was fällt dem ein?“, brauste Leon auf.

„Lass es gut sein.“ Ela seufzte. „Das ist ganz normal.“

Sie hatte leider Recht, stellten die Freunde fest. Überall, wo sich die abgerissenen Straßenkinder blicken ließen, wurden sie sofort weggejagt, beschimpft und bedroht.

„Ich … ich kann das nicht“, sagte Julian leise.

„Ich auch nicht“, sagte Kim. „Wir müssen unbedingt Arbeit finden.“

Schließlich wechselten die Straßenkinder die Taktik. Eines lenkte den Händler ab, ein anderes griff blitzschnell zu und stahl etwas. Vor allem Ela bewies, warum man sie „die Flinke“ nannte. Schließlich flitzten die Straßenkinder davon, die Freunde im Schlepptau. Keuchend stoppten sie vor dem Portal einer Kirche.

„Nehmt“, sagte Ela großzügig und bot Julian, Kim und Leon etwas von ihrem erbeuteten Brot an. Nur zögernd griffen die Gefährten zu. Sie hatten ein schlechtes Gewissen, weil sie nichts zum Frühstück beigetragen hatten.

„Wir wollen zum Dogenpalast. Könnt ihr uns den Weg zeigen?“, fragte Julian, als sie sich gestärkt hatten.

„Was wollt ihr denn da?“, verlangte Matteo sofort zu wissen.

„Arbeit suchen“, entgegnete Julian. „Dann bekommen wir Geld, können uns etwas kaufen und euch einladen.“

Matteo und die anderen Straßenkinder lachten auf. „Das ist eine nette Idee. Versucht es nur.“ Dann erklärten sie den Freunden den Weg.

„Sehen wir uns heute Abend?“, fragte Ela zum Abschied.

„Gerne“, rief Kim. „Falls wir das Haus finden …“

Es vergingen keine zehn Minuten, bis sich die Freunde erneut völlig verlaufen hatten. Plötzlich blieb Kija wie angewurzelt stehen und maunzte.

„Hast du etwa eine Idee, wo der Palast ist?“, fragte Kim müde.

Kijas Ohrmuscheln waren nach vorn gedreht, die Augen weit geöffnet, und die Freunde erkannten, dass die Katze ihnen etwas zeigen wollte. Kija glitt zu einer zusammengesunkenen Gestalt am Fuße eines Brückchens, das sich über einen Rio spannte. Die Gestalt war in Lumpen gehüllt. Es handelte sich offenbar um einen Bettler. Als die Kinder sich ihm näherten, blickte er argwöhnisch hoch und griff zu einem dicken Holzstock, der neben ihm lag.

„Was wollt ihr?“, knurrte der Mann. Sein Gesicht war länglich, das Kinn breit, die Nase klein und platt. Die Augen waren fast schwarz und verbargen sich unter buschigen Augenbrauen. Das Haar hatte der Mann zu einem Zopf gebunden.

Julian fragte den Bettler nach dem Weg.

„Klar weiß ich, wo der Palazzo Ducale ist“, erwiderte der Bettler und spuckte aus. „Was ist dir diese Information wert?“

Julian blickte seine Freunde hilflos an. Dann antwortete er: „Ich habe nichts.“

„Dann hau ab, *vai al diavolo*!“, rief der Bettler und lachte hohl.

Mutlos wandten sich die Freunde ab und betraten die Brücke. Unter ihnen glitt eine besonders farbenprächtige Gondel hindurch. Der Gondoliere schmetterte ein Liebeslied.

„In dieser Stadt zu überleben, ist nicht leicht“, sagte Kim bedrückt. Sie nahm Kija auf den Arm und sah in ihre grünen Augen: „Warum hast du uns zu diesem unfreundlichen Bettler geführt? Du machst doch nie etwas Sinnloses …“

Kija rieb ihr Köpfchen an Kims Oberarm und schnurrte. Dann sprang sie wieder zu Boden und lief los.

Kim blickte ihr verdutzt nach. „Sieht so aus, als hätte Kija noch eine andere Idee. Lassen wir uns überraschen, kommt!“

Irgendwie gelang es der rätselhaften Katze, die Freunde zum Ziel zu führen. Plötzlich öffnete sich der riesige Markusplatz vor ihnen, und ganz vorn am Canal Grande war er – der Dogenpalast. Ein gewaltiges, viereckiges Gebäude, das von hohen Mauern umgeben war und von Ecktürmen flankiert wurde. Der Palazzo wirkte wie eine Festung, allerdings wie eine höchst elegante Festung. Die Säulen seiner Arkaden zierten verspielte gotische *Kapitelle.* Auf den Eckpfeilern thronten erstaunlich echt wirkende Figuren, die Handwerker oder Szenen aus der Bibel darstellten.

„Das ist das Zentrum der Macht." Julian strahlte. „Hier regiert der Doge. Und hier müssen auch die Anführer der Kreuzritter sein."

Leon deutete zum Canal Grande. „Seht mal, da vorn ist ein Menschenauflauf. Möchte mal wissen, was sich da abspielt." Schon war er losgerannt.

Die Menge hatte sich um ein hölzernes Podest versammelt. Darauf standen vier dunkelhäutige, junge Männer in Lumpen. Ihre Hände waren gefesselt. Ein weiterer Mann, ein rundlicher, schmieriger Typ, lief vor dem Podest auf und ab und breitete immer wieder theatralisch seine Arme aus.

„Sie sind kräftig und fleißig", rief er mit heiserer Stimme. „Schaut euch nur die Muskeln an! Die Kerle können richtig zupacken. Sie stammen aus Ägypten."

„Das ist ein Sklavenhändler", bemerkte Kim verächtlich.

„Und gesund sind sie, kerngesund!", pries der Dicke an.

Kim blickte sich in der Menge um. Viele Matrosen waren da, auch einige Marktfrauen und Kinder. Es waren einfache Leute. Nur ein Mann passte von der Kleidung nicht dazu. Er trug eine lange Jacke, einen Filzhut und aufwendig verarbeitete Lederstiefel. Jetzt machte er einen Schritt auf den Sklavenhändler zu und fragte: „Ich brauche Stallburschen für den Dogenpalast. Verstehen deine Männer auch unsere Sprache?“

Der Dicke lächelte verlegen und entblößte eine Reihe unregelmäßiger Zähne. „Ein bisschen bestimmt.“

Der andere zog eine Augenbraue hoch. Dann fragte er die Sklaven nach ihren Namen – und erhielt keine Antwort.

„Sie verstehen kein Wort“, sagte der Mann mit dem Hut. „Die kann ich nicht brauchen.“

Der Sklavenhändler zuckte mit den Schultern und setzte die Lobreden auf seine Sklaven fort. Kim sah, dass sich der gut gekleidete Mann abwandte. Da hatte sie eine Idee.

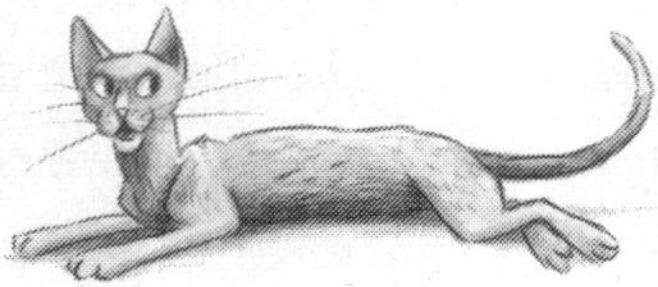

Der verborgene Schatz

„Warten Sie bitte!“, rief Kim dem Mann zu.

Leon und Julian sahen sie überrascht an.

Jetzt drehte sich der Mann um.

„Wenn Sie Stallburschen suchen, dann können Sie doch auch uns nehmen“, sagte Kim und setzte ihr hübschestes Lächeln auf.

Hochmütig musterte der Mann das Mädchen. „Du und die beiden Knaben da? Und die Katze etwa auch noch?“

Kim nickte eifrig. „Ja, wir sind sehr fleißig. Und die Katze kann doch Mäuse fangen!“

Der Mann verzog keine Miene. Sein Blick wanderte zum Canal Grande, auf dem gerade eine gewaltige *Galeere* vorbeizog.

„*D'accordo*“, sagte er schließlich gedehnt. „Kommt mit.“ Er ging voraus. Unterwegs stellte er sich als Verwalter des Dogenpalastes vor. Unter anderem sei er für die Stallungen verantwortlich.

„Ich zeige euch, wo ihr arbeiten und wohnen werdet“, sagte er. „Euer Lohn ist das Essen, das ihr bekommt. Aber ich warne euch: Wenn ihr faulenzt, werde ich euch wieder rauswerfen!“

„Klasse Idee von dir, Kim!“, sagte Julian leise. „Jetzt kommen wir in den Palast! Außerdem haben wir eine Unterkunft und Essen!“

Wenige Minuten später standen die drei Freunde in einem großen Stall, der unmittelbar hinter dem Palast lag. Sechs Pferde waren hier untergebracht, die meisten Boxen standen jedoch leer. Der Mann mit dem Hut stieß einen Pfiff aus, und ein untersetzter, kleiner Kerl, der eine Mistgabel geschultert hatte, erschien.

„Das sind deine neuen Knechte“, sagte der Verwalter. „Zeig ihnen, was zu tun ist.“ Dann verschwand er.

„Ich bin Luca“, sagte der Kleine und gähnte. „Ich bin Bote und Stallbursche. Das hier ist sozusagen mein Laden. Ihr werdet das tun, was ich sage, klar?“

Die Freunde nickten.

„Also gut.“ Luca drückte Leon die Mistgabel in die Hand. „Dann fangt mal gleich an. Mistet die Ställe aus, holt Wasser für die Pferde. Dann könnt ihr sie striegeln. Hopp, auf geht’s!“

„Nur eine Frage noch“, bat Julian. „Wem gehören die Pferde?“

Luca gähnte erneut. „Den Kreuzrittern. Und nun legt los.“

Die Freunde warfen sich bedeutungsvolle Blicke zu. Dann begannen sie mit der Arbeit. Luca hingegen zog sich in eine leere Pferdebox zurück und legte sich ins Stroh.

„Luca scheint ganz schön faul zu sein“, wisperte Leon Kim zu.

Das Mädchen nickte und rammte die Mistgabel in einen Haufen Stroh. „Aber wir können froh sein, hier untergekommen zu sein. Wenn das Ela und die anderen wüssten.“

„Stimmt“, ergänzte Julian. „Das müssen wir ihnen bei Gelegenheit erzählen. Die werden staunen!“

Auch Kija fühlte sich im Stall offenbar wohl. Sie sprang durch das Stroh und versuchte, Mäuse zu fangen.

Luca mochte faul sein, aber wenigstens gab er den Freunden gegen Mittag etwas zu essen.

„Sind nur Reste aus der Palastküche, aber immerhin“, sagte Luca. Die Kinder staunten: Luca hatte Brot, Bohnen, Birnen und sogar etwas Gebäck dabei. Mit Heißhunger stürzten sich die Freunde auf die Speisen. Doch die Pause war nur kurz – nach einer Viertelstunde kommandierte Luca sie weiter durch den Stall: „Die leere Box da ganz hinten, die gehört mal richtig sauber gemacht!“ Luca steuerte auf sein Strohlager zu. Aber plötzlich stoppte er. Das Stalltor war aufgegangen und zwei Männer traten herein. Der eine war ungewöhnlich groß und hager, trug ein Kettenhemd und darüber einen Waffenrock, auf den ein rotes Kreuz genäht war. Sein Gesicht war ernst, fast mürrisch. Der andere Mann war untersetzt und gekleidet wie ein Pfau: Wams und Beinlinge waren aus goldgelbem Samt, darüber trug er eine grüne Jacke. Am Gürtel baumelte ein vergoldeter Schmuckdolch. Die Schuhe liefen vorn spitz zu und waren aus weinrot gefärbtem Leder.

Diensteifrig eilte Luca zu den Männern. Zuerst verbeugte er sich vor dem Pfauen-Mann und rief: „Graf Montferrat, welche Ehre!“

Dann neigte er seinen Kopf vor dem Mann im Kettenhemd und säuselte: „Seid gegrüßt, werter Graf St. Pol!“

Kim, Julian und Leon spitzten die Ohren und spähten über den obersten Holzbalken der Box.

„Was kann ich für Euch tun?“, fragte Luca die beiden Adligen unterwürfig.

Montferrat machte eine Handbewegung, als wollte er eine lästige Fliege vertreiben. „Wir wollen nur nach unseren Pferden schauen. Immerhin werden wir sie mit an Bord nehmen. Später sollen sie uns bis nach Jerusalem tragen und dafür müssen sie gut gepflegt sein.“

Luca lachte falsch. „Bei mir sind sie in den besten Händen.“

Nun trat St. Pol vor. Sein Gesicht war noch mürrischer als zuvor, als er sagte: „Das rate ich dir auch. Aber jetzt lass uns allein, wir haben etwas zu besprechen. Raus hier!“ Er griff in einen Beutel und schnippte dem Knecht eine Münze zu.

Luca verbeugte sich erneut und beeilte sich, den Stall zu verlassen. Julian, Kim und Leon hatte er anscheinend vollkommen vergessen. Also blieben die Freunde an ihrem Platz. Hier waren sie vor den Blicken der Kreuzritter verborgen und konnten lauschen. Kim nahm die Katze auf den Arm. Das Mädchen hoffte, dass Kija ruhig bleiben und sie nicht verraten würde.

Jetzt ging Montferrat zu einem Schimmel und tätschelte dessen Hals. „Frisch gestriegelt. Der Knecht scheint sich wirklich gut um unsere Tiere zu kümmern.“

„Wenigstens das.“ St. Pol seufzte. „Aber dafür werden wir sicher wieder ordentlich bezahlen dürfen. Diese Venezianer sind einfach geldgierig. Vor allem der Doge.“

Montferrat steckte dem Schimmel einen Apfel zu. „In der Tat. Dandolos Forderung von 85.000 Silbermark für die Schiffe ist eine Frechheit. Der Herrgott möge verhüten, dass wir diese Summe zahlen müssen!“

„Schön wär's, aber der Doge hat uns in der Hand. Er hat die Schiffe, die wir brauchen“, murmelte St. Pol und schüttelte den Kopf. „85.000 Silbermark. Das ist fast alles, was wir dabeihaben. Und jeder Tag, den wir hier in Venedig untätig herumsitzen, kostet Geld für Unterkunft und Verpflegung!“

Montferrat faltete die Hände. „Und genau das weiß der Doge. Er hat Zeit, wir aber nicht. Wir müssen handeln und so bald wie möglich ablegen. Am besten wie geplant am 29. Juni. Ich kann nur hoffen, dass wir Je-

rusalem nicht nur den Ungläubigen entreißen, sondern dort auch Beute machen, um die gewaltigen Kosten für das göttliche Unternehmen wieder hereinzuholen."

„Du willst also zahlen?"

Montferrat sog hörbar die Luft ein. „Großer Gott, was sollen wir tun? Du selbst hast gerade gesagt, dass uns jeder Tag in Venedig ein Vermögen kostet. Immerhin haben wir hier 10.000 Männer!"

In diesem Moment raschelte etwas neben Kims Füßen. Sofort spannte sich Kijas Körper an. Beruhigend strich Kim der Katze über den Kopf. Aber es nützte nichts. Kijas Augen funkelten kalt, die Rückenhaare sträubten sich, ihr Körper zuckte in fiebriger Erregung. Offenbar hatte etwas Kijas Jagdinstinkt geweckt, und dieses Etwas wuselte gerade leichtsinnigerweise ganz in ihrer Nähe vorbei – eine Maus! Kija schlüpfte aus den Armen des Mädchens und sprang auf die Maus zu, die um ihr Leben lief. Kim, die jedes Aufsehen fürchtete, versuchte die Katze einzufangen. Sie lief ein paar Schritte tiefer in die Box hinein, bückte sich, um Kija zu schnappen – und stieß dabei einen Holzeimer um.

„Was war das?“, rief Montferrat. „Ich dachte, wir wären allein!“

„Das kam von da drüben“, erwiderte St. Pol zornig und deutete auf das Versteck der Freunde. „Sieht so aus, als habe uns jemand belauscht. Na warte, das haben wir gleich.“

Die Freunde duckten sich hinter die hölzerne Absperrung. Das konnte nicht gut gehen, niemals! Julian biss auf seine Unterlippe, Leon knabberte an seinen Fingerknöcheln und Kim war weiß vor Angst – und vor Wut auf ihr Missgeschick mit dem Eimer.

Doch in dieser Sekunde kam Kija ihnen zu Hilfe. Sie

schoss auf den verdutzten St. Pol zu und wieselte zwischen seinen Beinen hindurch.

„Eine Katze!“ St. Pol lachte, während er sich umdrehte und zu Montferrat zurückging. „Es war nur eine Katze.“

In ihrem Verschlag atmeten Kim, Leon und Julian auf. Aber nicht nur sie waren erleichtert.

„Ich danke Gott“, sagte Montferrat. „Es hätte unsere Verhandlungsposition nicht gestärkt, wenn man uns belauscht hätte. Also, ich bin dafür, dass wir Dandolo das geben, was er verlangt.“

St. Pol schwieg. Sein Blick war düster.

„Außerdem habe ich Angst, dass man uns das Geld stiehlt“, ergänzte Montferrat. „Die Stadt ist voller Paläste, aber auch voller Diebe!“

Jetzt lächelte St. Pol grimmig. „Unser Geld ist an einem geheimen Ort gut versteckt. Außerdem habe ich jetzt sogar persönlich die Nachtwachen übernommen. Niemand wird sich daran vergreifen. Das schwöre ich bei Gott!“

„Ja, ja, das glaube ich dir“, sagte Montferrat. „Also sind wir uns einig: Wir gehen auf Dandolos unverschämte Forderung ein.“

St. Pol zuckte die Schultern. Dann ging er aus dem Stall. Montferrat folgte ihm, immer darauf bedacht, mit seinen roten Schuhen nicht in Mist zu treten.

„Ein geheimes Versteck!“, stieß Leon hervor, als die Männer verschwunden waren.

„Und wir wissen, wer es bewacht!“, ergänzte Kim aufgeregt. „Das heißt: Wenn wir uns an St. Pol halten, wird er uns vielleicht zum Versteck führen. Wenn wir nur wüssten, wo genau St. Pol wohnt.“

Sie spähten aus dem Fenster und sahen, wie die beiden Männer in einem zweistöckigen Gebäude, das dem Stall gegenüberlag, verschwanden.

„Dort schlafen die beiden bestimmt!“, rief Kim.

„Gut möglich, vielleicht ist das ja ein Gästehaus“, sagte Julian. „Etwas anderes finde ich auch sehr interessant. Wir wissen jetzt, dass die Ritter tatsächlich über diese irre Summe von 85.000 Silbermark verfügen. Anders ausgedrückt: Den Kreuzrittern ist das Geld nicht irgendwie ausgegangen, wie es in manchen Büchern steht. Aber wie ist es dann abhandengekommen?“

Kim ballte die Fäuste. „Das werden wir schon noch herausfinden! Außerdem …“ Sie brach mitten im Satz ab und deutete zum Tor, das gerade wieder aufschwang.

Luca stapfte auf sie zu. „Was glotzt ihr aus dem Fenster? Wart ihr etwa die ganze Zeit im Stall?“, herrschte er sie an.

„Nein“, erwiderte Julian schnell. „Wir haben Wasser

geholt. Als wir zurückkamen, gingen die hohen Herren gerade."

Luca knurrte etwas Unverständliches und zog einen versiegelten Brief aus seinem Wams hervor. „Der muss zum Gewürzhändler Tadessi. Eigentlich sollte ich ihn dorthin bringen, aber ich bin … äh … verhindert. Macht ihr das mal. Aber benehmt euch. Tadessi gehört zur *Signoria*."

„Signoria, was ist das?", wollte Kim wissen.

Luca verdrehte die Augen. „Oh Gott, ihr seid vielleicht unwissend. In der Signoria sitzen die neun wichtigsten Männer – nach dem Dogen selbstverständlich. Die Mitglieder der Signoria kontrollieren den Dogen." Er grinste verschlagen. „Sie passen ein wenig auf ihn auf, kapiert?"

Schnell nickten die Freunde.

„Und noch etwas: Tadessi ist Sprecher der venezianischen Kaufleute. Er soll die Flotte für die Kreuzritter zusammenstellen. Und die Schiffe gehören überwiegend den Kaufleuten! Aber nun genug gequatscht, lauft los." Er drückte Leon die Post in die Hand. „Und hütet diesen Brief gut", schärfte er ihnen ein. Dann beschrieb er ihnen umständlich, wie sie zum Gewürzhändler kämen.

„Jetzt sind wir einen großen Schritt weiter", sagte Kim unterwegs. „Wir wissen, wer das Geld bewacht.

Und wir ahnen, wo er wohnt. St. Pol wird uns zum Versteck führen. Dort können wir uns dann auf die Lauer legen und ermitteln, wer den Schatz stiehlt!“

Leon seufzte. „Guter Plan, Kim. Aber das setzt voraus, dass wir uns die Nächte um die Ohren schlagen.“

„Das ist es wert!“, rief Julian. „Gleich heute Nacht fangen wir an!“

Eine seltsame Verwandlung

Doch erst einmal mussten sie den Botengang zu Tadessi erledigen. Kurz darauf standen sie vor einem Palazzo am Canal Grande auf der Höhe des *Rio di San Maurizio*. Der Palast hatte drei Stockwerke. Das oberste mit seinen Balkonen und Erkern, Zinnen, Türmchen und bunten Fahnen diente offenbar der Familie Tadessi als Wohnraum. Das Erdgeschoss glich einem Ameisenhaufen. Alle Türen und Tore waren geöffnet und gaben den Blick auf ein großes Lager frei. Arbeiter schleppten Säcke und Kisten, schwitzend und tief gebeugt unter der Last. Fässer türmten sich in einer Ecke, geflochtene Körbe in einer anderen. Vor dem Haupttor standen Lieferanten vor einem Holzpult Schlange, wo ein Mann mit Tintenfass, Schreibfeder und sehr wichtiger Miene Listen abhakte. Neben dem Palazzo ragte ein breiter Steg in den Canal Grande. Hier lag eine große Kogge, die soeben entladen wurde.

„Riecht ihr das auch?“, fragte Leon.

„Gewürze!“, rief Kim. „Ich muss gleich niesen.“

„Jedenfalls sind wir hier richtig“, Julian sah sich um. „Jetzt müssen wir nur noch Tadessi finden! Lasst uns den Mann am Pult fragen.“

Dieser wollte die Kinder erst fortjagen. Als sie ihm jedoch den Brief unter die Nase hielten, rief er einen der Arbeiter heran und befahl ihm, die drei Kinder zu Tadessi zu führen.

Sie traten in die Halle. Hier verstärkten sich die Gerüche – es roch intensiv nach Chili, Curry und Pfeffer. Jetzt musste Kim tatsächlich niesen. Über ausgetretene Stufen gelangten sie in den ersten Stock des Palazzo, der einem heutigen Großraumbüro glich. Überall standen Schreibtische und Pulte. Männer, die weitaus besser gekleidet waren als die Arbeiter, wieselten herum. Die meisten hatten kleine Tintenfässer um den Hals, offenbar, um sich jederzeit Notizen machen zu können. Vor einer schlichten Holztür machte ihr Führer halt und klopfte an.

„Herein!“, erklang es unwirsch.

Der Arbeiter öffnete die Tür, begrüßte Tadessi und schob die Kinder in den Raum.

Tadessis Gesicht war kreisrund und wurde von einem akkurat gestutzten Vollbart eingerahmt. Seine Augen huschten unruhig hin und her. Der Mann wirkte angespannt, wenn nicht nervös. Immer wieder strichen seine Hände das Stück *Pergament* glatt, das vor ihm auf dem Schreibtisch lag.

„Drei Kinder und eine Katze? Was wollt ihr hier?“, fragte er mit einer merkwürdig hohen Stimme, die Ungeduld verriet.

Leon verbeugte sich. „Wir bringen eine Nachricht aus dem Dogenpalast.“

Tadessis Gesicht hellte sich auf. „Das ist etwas anderes“, sagte er, kam um den Tisch herum und nahm Leon den Brief ab. Er öffnete ihn und überflog die Zeilen. Nun wirkte er entspannter.

„Grazie“, sagte Tadessi.

In diesem Moment öffnete sich die Tür und eine Frau erschien. Sie war groß und hübsch und trug einen ärmellosen Überrock aus goldschimmerndem Samt und darunter ein weißes Unterkleid aus Leinen. An ihren Fingern blitzten Ringe.

„Ah, Rosa“, begrüßte Tadessi die Frau.

Sie nickte knapp und hielt ihm mehrere Schriftstücke hin. „Das sind wichtige Sendungen aus Zara, mein lieber Mann. Sie müssen rasch erledigt werden!“ Rosa sagte das selbstbewusst und mit Nachdruck, als wolle sie ihren Mann ermahnen, dass diese Arbeit keinen Aufschub dulde. In diesem kurzen Moment wurde deutlich, wer im Gewürzhandel Tadessi wirklich das Sagen hatte.

„*Certo*, meine Liebe“, erwiderte Tadessi rasch. „Ich kümmere mich gleich darum.“

Rosa lächelte. „Gut, es geht um die nächste Chili-Lieferung, Bruno.“

„Chili? Ausgezeichnet!“, rief ihr Mann. Und zu den Kindern gewandt sagte er. „Alle in Venedig sind verrückt nach Chili. Und ich bin der Einzige in unserer schönen Stadt, der Chili verkauft. Ich habe hervorragende Geschäftsbeziehungen zu den Händlern in Zara!“

„Außerdem hast du Besuch“, ergänzte Rosa. „Alessandro di Vecchio möchte dich sprechen, wegen der Kreuzritter. Er wartet draußen.“

Tadessi hob eine Augenbraue. „Gut, er soll reinkom-

men. Aber vorher …" Er brach den Satz ab, wühlte in den Unterlagen auf seinem Schreibtisch herum und zog schließlich ein versiegeltes Schriftstück hervor. „Bringt das dem Dogen, mit besten Empfehlungen von mir." Er drückte Leon das Pergament in die Hand. Dann kramte er aus seiner Jackentasche einige kleine Münzen hervor und gab sie den Kindern. „Und nun geht!"

Die Freunde bedankten sich und wandten sich zur Tür, die gerade von Rosa geöffnet wurde. Ein Mann trat ein – und die Freunde erstarrten. Dieses Gesicht kannten sie: breites Kinn, platte Nase, buschige Augenbrauen … Keine Frage, das war der unfreundliche Bettler, den sie nach dem Weg zum Dogenpalast gefragt hatten! Mit dem Mann war allerdings eine seltsame Verwandlung geschehen. Statt Lumpen trug er feinste Stoffe. Es stand kein Bettler vor ihnen, sondern ein Patrizier! Mit diesem Mann stimmte etwas nicht. Führte er ein Doppelleben? Und was wollte er bei Tadessi? Für einen Augenblick kreuzten sich die Blicke der Freunde und des Mannes. Di Vecchios dunkle Augen wurden schmal, sie brannten förmlich in denen der Kinder. Der Mann schien nachzudenken – und sofort schauten die Kinder weg. Plötzlich hatten sie es sehr eilig, das Büro zu verlassen. Sie drückten sich an di Vecchio vorbei. Als Erste war Kija auf dem Gang.

„Halt!“, sagte di Vecchio jetzt eisig.

Die Freunde hielten den Atem an. Doch dann drehten sie sich um.

„Wer seid ihr?“, fragte di Vecchio schneidend.

„Boten aus dem Palast des Dogen“, erwiderte Julian freundlich.

Bedächtig wiegte di Vecchio den Kopf. „Wir haben uns noch nie gesehen, nicht wahr?“

Was für eine seltsame Frage, dachte Julian. „Äh, nein“, sagte er.

„Richtig, wir haben uns noch nie gesehen“, bestätigte di Vecchio. Er kam auf die Kinder zu und schaute ihnen tief in die Augen. Ein düsterer, drohender Blick, der die Freunde verstörte. „Niemals, hört ihr?“, zischte die Vecchio. „Niemals!“

Hastig nickten die Freunde und liefen davon.

„Puh, war der Kerl unheimlich“, sagte Kim, sobald sie vor dem Gewürzhandel standen.

„Allerdings“, bestätigte Leon. „Vor dem sollten wir uns vorsehen. Möchte mal wissen, welche Rolle der Typ spielt.“

Julian ließ die Münzen in seiner Hand klimpern. „Immerhin haben wir unser erstes Geld verdient. Da vorn ist eine Bäckerei – was meint ihr?“

Sie kauften sich Kekse mit Honig und ließen sich am Fuße eines Pozzo in Blickweite von Tadessis Gewürzhandel nieder.

„Vielleicht ist dieser di Vecchio eine Art Agent oder so was“, sagte Julian. „Jemand, der einen geheimen Auftrag hat und sich deswegen verkleidet. Und jetzt hat er Angst, dass wir seine Tarnung auffliegen lassen könnten.“

„Möglich“, stimmte Kim ihm zu, während sie Kija einen halben Keks abgab. Die Katze miaute und spähte zu Tadessis Palazzo hinüber. Kim folgte ihrem Blick. Ihr Herz machte einen Sprung. Gerade trat di Vecchio aus dem Geschäft. Suchend schaute er sich um. Schon nahm er die Freunde ins Visier und kam mit schnellen Schritten auf sie zu. Di Vecchios Hand glitt unter sein Wams und zog etwas hervor, das in der Sonne aufblitzte.

„Das könnte ein Messer sein! Abflug, Leute“, kommandierte Leon.

Die Kinder sprangen auf und rannten los. Bisher war das venezianische Gassengewirr eher ein Problem für sie gewesen. Doch jetzt kam es ihnen zu Hilfe. Denn in diesem Labyrinth gelang es ihnen, di Vecchio abzuschütteln. Außer Atem erreichten sie nach einer halben Stunde den Palast und gaben Luca die Botschaft für den Dogen.

„*Bene*“, sagte er nur, „ich werde sie zu Dandolo bringen.“

„Jetzt tut Luca bestimmt so, als habe er den Botengang erledigt“, maulte Kim, sobald Luca außer Hörweite war. „Der Kerl ist wirklich unglaublich faul!“

Den restlichen Tag verbrachten die Freunde mit Arbeiten im Stall. Nach einem Abendbrot aus Brot und Käse machten sie es sich im Stall gemütlich. Luca hatte ihnen ein paar Decken gegeben und ihnen einen Platz in einer mit sauberem Stroh gefüllten, geräumigen Box zugewiesen.

„Besser als der Dachboden“, urteilte Julian. „Wer übernimmt die erste Wache am Fenster?“

„Immer der, der fragt“, gab Leon trocken zurück.

„Stimmt!“ Kim grinste.

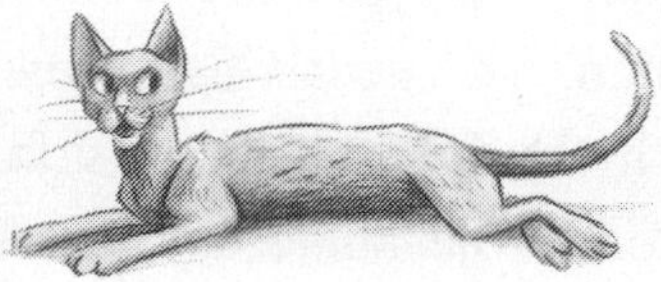

Der Schrei

Eine Stunde später stand Julian am Fenster und spähte zu dem Gästehaus hinüber, in das St. Pol und Montferrat am Vormittag gegangen waren. Kim und Leon waren eingeschlafen. Vor dem Gästehaus spendete eine Laterne etwas Licht. Julian begann, sich zu langweilen und war froh, als Kija auf das schmale Fensterbrett sprang und ihm Gesellschaft leistete. Der Junge kraulte die Katze unter dem Hals. Ausgestorben lag der Platz vor ihm. Nichts passierte. Julian wurde immer müder und fragte sich, wie viel Zeit schon vergangen war. Er schätzte, dass es zehn Uhr war.

Doch da passierte es: Die Tür zum Gästehaus flog auf und ein Kreuzritter erschien! Julians Augen wurden schmal. Keine Frage, das war St. Pol! Blitzschnell weckte Julian seine Freunde, die sofort hellwach waren. Gemeinsam schlüpften sie durch das Tor. St. Pol war nicht mehr allein – mit drei anderen Kreuzrittern verschwand er gerade in einer Gasse.

Unbemerkt blieben die Freunde dicht hinter ihnen.

Die verwinkelten Sträßchen, die eng aneinanderstehenden Häuser, die Brücken und Brunnen boten immer wieder gute Versteckmöglichkeiten.

Doch plötzlich erklang ein grässlicher Schrei. St. Pol hob die Hand, die Ritter stoppten. Die Freunde bezogen hinter einem Brunnen in der Form eines riesigen Fischs Posten und spähten über den steinernen Rand. Da erklang aus dem Haus, vor dem die Ritter standen, erneut ein grauenhafter Schrei. Er hallte durch die Gasse und schien sich dabei tausendfach zu verstärken. Jemand schrie gellend um Hilfe.

St. Pol zog sein Schwert, und die anderen Ritter folgten seinem Beispiel. Wieder gab St. Pol ein Zeichen. Dann stürmten die Ritter in das Gebäude.

„Los!", rief Leon. Nach wenigen Schritten hatten sie das Haus erreicht. Nirgends war Licht zu sehen. Aus dem Inneren hörten die Kinder Kampflärm. Schreie ertönten, Metall klirrte und irgendetwas fiel krachend um.

Julian machte einen Schritt zurück. „Was, was ist da drinnen los?", stammelte er ängstlich.

Leon ging zum Fenster und versuchte, etwas zu erkennen. Aber es gelang ihm nicht. Er zögerte, während seine Gedanken rasten: Sollten sie in das Haus vordringen? Aber was erwartete sie dort in der Finsternis? Er blickte über die Schulter. Außer ihnen war niemand in der Gasse. Niemand, den sie um Hilfe hätten bitten können.

Mit einem Mal verebbte der Lärm im Haus. Es herrschte absolute Stille. Dann war unterdrücktes Gemurmel zu hören, ein heiseres, feines Lachen. Offenbar war der Kampf entschieden. Aber für wen? Einige Minuten verstrichen.

Leon deutete mit dem Kopf zur Tür. Kim nickte, während Julian sich an die Stirn tippte. Doch Leon war nicht mehr zu bremsen. Geräuschlos glitt er in das Haus, gefolgt von Kim. Dann kam Kija und schließlich auch Julian, dessen Herz hüpfte wie das einer fliehenden Maus.

In dem Gebäude war es so dunkel, dass Leon die Arme ausstreckte, um nicht überall anzustoßen. Seine Hände berührten etwas Weiches, Wattiges und er fuhr zurück, einen Schrei auf den Lippen. Leon ahnte, dass er gerade in Spinnweben gegriffen hatte, und wischte sich angewidert die Hände an seinem Wams ab.

Ein Kommando erschallte, Schritte kamen direkt auf die Freunde zu. Leon hielt den Atem an – was jetzt? Er hatte keine Zeit zu überlegen, duckte sich einfach dort, wo er war, griff um sich, fand eine kühle, feuchte Wand, drückte sich dagegen und hörte auf zu atmen.

Leon spürte den Luftzug, als einige Personen an

ihm vorbei zur Haustür liefen. Er wartete ein paar Sekunden, dann rappelte er sich auf. Dabei stieß er gegen Kim, die offenbar unmittelbar neben ihm gekauert hatte.

„Alles klar?“, flüsterte Leon.

„Ja!“, kam es von Kim und Julian zurück.

Gemeinsam tasteten sie sich zur Tür zurück und lugten in die Gasse. Vier Kreuzritter liefen über das Kopfsteinpflaster.

„Ein Glück, St. Pol und den anderen ist nichts passiert!“, stieß Kim hervor.

„Aber was war da drinnen los?“, fragte Julian.

„Weiß nicht!“, erwiderte Leon. „Doch das können wir jetzt nicht feststellen. Sonst verlieren wir St. Pol.“

Das sah Julian ein und nahm zusammen mit den anderen wieder die Verfolgung auf. Kurz darauf überquerten sie einen Campo und erreichten die hölzerne *Ponte di Rialto*, die sich über den Canal Grande spannte. Nun hatten die Kinder das *Rialto-Viertel* mit seinen zahllosen Geschäften erreicht, in denen tagsüber Fisch, Gemüse und Blumen verkauft wurden. Die Kreuzritter sahen sich kurz um, dann betraten sie ein Gässchen.

„Köpfe runter, da kommt noch jemand!“, rief Leon plötzlich und zog Julian und Kim in den Schatten eines Schuppens.

Wie aus dem Nichts war eine kleine Gestalt auf der Ponte di Rialto aufgetaucht und huschte nun ebenfalls den Kreuzrittern hinterher. Und diese zierliche Gestalt kannten die Gefährten: Es war Matteo, die Maus.

Dunkle Kanäle

Die Freunde verließen ihre Deckung und betraten die Gasse. Matteo verschwand hinter einer Säule mit dem Abbild eines Heiligen.

Nun konzentrierten sich die Detektive wieder auf die Kreuzritter. Diese liefen auf ein unscheinbares Gebäude am Ende der Gasse zu. Im Mondlicht erkannten die Kinder, dass dort zwei weitere Männer standen, die weiße Waffenröcke mit Kreuzen trugen.

„Sieht so aus, als würden die Wache schieben", hauchte Kim aufgeregt. „Ob dort das Geld versteckt ist?"

„Abwarten", flüsterte Leon. „Wir …" Er brachte den Satz nicht zu Ende. Seine Augen weiteten sich. „Oh nein", stammelte er.

Unvermittelt hatten die hinzugekommenen Kreuzritter die Wachen angegriffen. Es war ein kurzer, ungleicher Kampf. Keine Minute später lagen die Wachen am Boden. Die Angreifer zerrten sie in das Haus. Mit einem dumpfen Krachen fiel die Tür hinter ihnen zu.

„Was war denn das?“, fragte Leon verdattert.

Kim ballte die Fäuste. „Ist doch sonnenklar! St. Pol und seine Männer haben die Wachen überwältigt und stehlen den Schatz.“

„St. Pol?“ Leon wollte es nicht glauben. „Aber der ist doch auch ein Kreuzritter! Noch dazu einer ihrer Anführer!“

„Egal, wir müssen den Raub verhindern!“, rief Kim. Bevor Leon und Julian sie bremsen konnten, war das Mädchen zu dem Haus geflitzt, Kija im Schlepptau. Widerstrebend rannten Leon und Julian den beiden hinterher.

Die Tür war nicht verschlossen, stellte Kim erleichtert fest, als sie vorsichtig gegen das Holz drückte. Mit einem leisen Quietschen schwang sie auf. Licht flutete den Freunden entgegen. Ein Verkaufsraum lag im Schein einer Fackel vor ihnen. Ein langer Tisch beherrschte den Raum. Dahinter reichten Regale, die mit Stoffen in allen Farben bestückt waren, bis an die Decke. Kräftiges Leinen, feinste Seide und edlen *Brokat* gab es hier.

In diesem Moment miaute Kija ungeduldig. Sie stand vor einem Vorhang und drehte sich zu den Freunden um. In ihren Augen funkelte es.

Kim, Leon und Julian hatten verstanden und schlichen zu der Katze. Langsam, ganz langsam zogen sie den Vorhang ein Stück zurück und spähten hindurch. Ein weiterer, viel größerer Raum öffnete sich vor ihnen. Auch er war von einer Fackel beleuchtet, deren Licht jedoch nicht ausreichte, um ihn bis in den letzten Winkel zu erhellen. Die Freunde erkannten, dass sie vor dem Lager der Stoffhandlung standen. Am gegenüberliegenden Ende, dort, wo kaum noch Licht hinfiel, arbeiteten vier Gestalten.

„Das sind bestimmt St. Pol und seine Komplizen!“, wisperte Leon.

In Windeseile wuchteten die Männer offensichtlich schwere Lasten durch den Hinterausgang des Lagers.

„In diesen Kisten ist garantiert das Geld der Kreuzritter!“, vermutete Kim, deren Augen sich allmählich an das schwache Licht gewöhnt hatten. Sie krabbelte auf allen vieren in den Raum, erreichte einen dicken Stoffballen und bezog dahinter Stellung. Vorsichtig kamen ihre Freunde nach. Kim hob die Nase über den Ballen. Gerade schleppten die Diebe die beiden offenbar bewusstlosen Wachen durch die Hintertür. Für einen Moment erkannte Kim die Umrisse eines Schiffs.

Wieder klappte die Hintertür auf und zu. Dann war keiner der Diebe mehr zu sehen.

„Ob die etwa … schon fertig sind?“, überlegte Kim.

Die Freunde warteten eine Minute, doch nichts geschah. Nun sausten sie zur Hintertür. Leon öffnete sie einen Spalt und schaute hindurch.

„Tatsächlich, ein Schiff", hauchte er. „Und es legt gerade ab!" Wie ein dunkler, großer Schatten glitt das schnittige Schiff in den Kanal. Es handelte sich um eine *Sanpierota* mit nur einem Mast und einem kräftigen Ruder.

Die Freunde sahen sich hektisch an.

„Die hauen mit dem Schatz ab und wir stehen hier blöd rum!", schimpfte Julian.

„Nicht gleich aufgeben." Leon hatte ein kleines Ruderboot entdeckt, das an den glitschigen Steinstufen lag, die vom schwarzen Wasser des Kanals zum Lager hinaufführten.

„Los, wir legen ab!" Leon enterte den Kahn.

Kim band das Boot los und sprang mit dem Seil und Kija ebenfalls an Bord. „Leinen los!", verkündete sie. „Komm schon, Julian."

In letzter Sekunde sprang auch er in den Kahn, der bedenklich zu schwanken begann.

„Willst du uns versenken?", knurrte Leon.

„Klappe halten, rudern", gab Julian zurück und legte los.

Einige Minuten jagten die Freunde hinter der Sanpierota her. Dann machte der Kanal einen scharfen Rechtsknick, und das Schiff verschwand aus ihren

Augen. Jetzt bog auch das Ruderboot mit den Kindern um die Kurve.

„Ach, du Schande!“, entfuhr es Kim.

Die Sanpierota lag urplötzlich fast vor ihnen, keine fünfzehn Meter entfernt. Sie dümpelte mitten im Kanal, und Kim wurde klar, dass die Besatzung des Bootes ihnen auflauerte. Offenbar hatten die Diebe bemerkt, dass sie verfolgt wurden!

„Eine Falle! Zu-zurück“, stammelte Kim.

Leon und Julian legten sich in die Riemen, während Kim gebannt auf das andere Schiff starrte.

Jetzt tauchte an dessen Heck ein großer, hagerer Mann auf. Kim kniff die Augen zusammen. War das St. Pol? Er war schlecht zu erkennen, es war einfach zu dunkel!

Der Mann hatte etwas in der Hand, das matt im Mondlicht glänzte. Jetzt hob der Mann das Ding hoch, und Kim erkannte dessen Konturen. Sie erschrak – es war eine große Axt.

„Achtung!“, schrie Kim voller Entsetzen, als der Mann die Waffe in Richtung der Freunde schleuderte.

Alle duckten sich.

Ein hässliches Splittern. Die Streitaxt steckte tief im Holz ihres Kahns, und zwar auf Höhe der Wasserlinie. Schon blubberte Wasser ins Boot.

„Mist, wir sinken!“, rief Leon. Er zitterte am ganzen

Körper. Gott sei Dank hatte die Axt nur das Boot getroffen …

„Das wird Kija gar nicht gefallen“, sagte Kim. Und mir auch nicht, fügte sie in Gedanken hinzu. „Rudert zur Kaimauer da drüben, schnell!“

Unterdessen entfernte sich die Sanpierota. Kim fluchte leise. Und sie saßen mitten auf dem Kanal in einem lecken Kahn! Sie spürte kühles Wasser an ihren Beinen und suchte hektisch unter der Bank nach einem Eimer, mit dem sie das Wasser aus dem Boot schöpfen konnte. Doch sie fand nichts.

Die Kaimauer kam nur ganz allmählich näher, obwohl sich Julian und Leon nach Leibeskräften abmühten. Das kleine Boot war durch das eindringende Wasser immer schlechter zu manövrieren. Kläglich miauend sprang Kija auf der Bank hin und her, ihr Schwanz war gesenkt und aufgeplustert. Kim nahm sie auf den Arm und versuchte, sie zu beruhigen.

Endlich stieß das Boot gegen die Steinmauer. Kija war die Erste, die von Bord sprang. Als Leon als Letzter an Land kam, war ihr Ruderboot bereits zur Hälfte mit Wasser vollgelaufen.

„Das war ziemlich knapp“, sagte Leon. „Was jetzt?“

Statt eine Antwort zu geben, rannte Julian los. „Wir laufen am Kanal entlang“, rief er über die Schulter. „Vielleicht können wir das Schiff der Diebe einholen.“

Sie hetzten an Stegen, Lagerschuppen und verrammelten Fischläden vorbei, an Kneipen und einem *Squero*, wo Gondeln gebaut und repariert wurden.

Und Julian sollte Recht behalten. Nach einer Weile sahen sie das Schiff der Diebe wieder. Es hatte gerade vor einem düsteren Haus angelegt, in das ein Steg führte. Darauf balancierten vier Männer mit schweren Kisten.

„Sie laden die Beute ab“, stieß Julian atemlos hervor. „Jetzt müssen wir den Dogen oder Montferrat alarmieren.“

„Lieber den Dogen“, sagte Leon. „Wer weiß, ob nicht auch Montferrat mit den Dieben zusammenarbeitet – wie St. Pol!“

„Mal was anderes: Könnt ihr euch das Gebäude merken?“, fragte Kim unsicher.

„Denke schon“, erwiderte Julian. Doch auch er war sich nicht sicher. Er überlegte, wie sie am schnellsten zum Dogenpalast kommen könnten.

Sie hatten Glück: Ein junger Mann, der gerade aus einer Schenke kam, gab ihnen eine exakte Beschreibung.

Während sie rannten, dachte Julian fieberhaft nach. Matteo war ihm eingefallen. Was hatte er nachts in der Nähe des ursprünglichen Geldverstecks zu suchen gehabt? Steckten Matteo, Ela und die anderen Straßenkinder etwa mit den Dieben unter einer Decke? Das konnte Julian sich beim besten Willen nicht vorstellen.

Ihm kam ein anderer Gedanke: Kim hatte einen großen Mann auf dem Schiff gesehen und vermutet, dass es sich um St. Pol gehandelt hatte. Aber: Hatte der Mann auch die Freunde erkannt? Wussten die Täter, wer sie verfolgt hatte? Julian bekam eine Gänsehaut.

Die weißen Augen

Völlig außer Atem erreichten die Freunde den Dogenpalast. Nach kurzer Diskussion erklärten sich die Wachen bereit, sie zum Dogen zu bringen. Gleichzeitig schickte man einen Boten zum Gästehaus, um Montferrat zu alarmieren.

Einer der Wachmänner ging voran und führte die Kinder durch die Arkaden in den gewaltigen Innenhof des Palastes. Sie überquerten den Platz, hielten sich rechts und eilten die breite, weiße *Scala dei Giganti* hinauf.

„Auf dieser Treppe bekommen die frisch gewählten Dogen ihre Kappe aufgesetzt“, erklärte Julian seinen Freunden leise. Nur zu gut konnte er sich an seinen Urlaub und die Erläuterungen des Fremdenführers erinnern. „Damit wurden sie zum Dogen gekrönt.“

Nun hatten sie den ersten Stock des Palastes erreicht. Hier herrschte nüchterne Eleganz vor. Der Gang war breit, aber weitgehend schmucklos, sah man einmal von einem aufwendig geschnitzten Kruzifix ab.

Büros reihten sich aneinander – die *Avvogaria* und *Provveditori della Milizia da Mar,* wie die Freunde den Schildern entnahmen, die neben den Türen angebracht worden waren. Doch sie hatten keine Zeit, sich genauer umzusehen, denn schon ging es die nächste Treppe hinauf. Der zweite Stock des Palastes war weitaus prächtiger gestaltet. Gemälde mit religiösen Motiven hingen an den Wänden. Rechts von ihnen lag eine breite Tür. Julian wusste, dass sich dahinter ein gewaltiger Saal befand. Hier tagten die 1.000 Mitglieder des Großen Rates, des *Maggiore Consiglio,* die den Dogen wählten. Doch das eigentliche Zentrum der Macht lag ein Stück weiter den Gang hinunter: Am Ende des Flurs hatte der Doge seine drei Privatgemächer. Vor der Tür des letzten Raums standen weitere Wachsoldaten. Schnell waren sie informiert, und ebenso schnell verschwand einer der Männer durch die Tür.

Einige Minuten verstrichen. Dann stürmte Montferrat heran, begleitet von einem Palastdiener. Der Kreuzritter war blass, auf seiner Stirn stand eine tiefe Sorgenfalte. Gerade, als er etwas zu den Kindern sagen wollte, öffnete sich die Tür.

„Der Doge ist bereit, euch zu empfangen", sagte der Wachsoldat und winkte die späten Gäste herein.

Der Raum war nur spärlich beleuchtet. Im Licht der wenigen Kerzen sahen die Freunde einen zierlichen

Mann, der mit einem Glas Wein in der Hand an einem Tisch stand und ihnen den Rücken zuwandte. Er trug einen langen Umhang aus Brokat. Auf dem Kopf des Mannes thronte als Zeichen seiner Macht der *Corno* – die Dogenkappe mit der hinten kühn aufragenden, abgerundeten Spitze. Die Kappe war aus gold- und silberdurchwirktem Samt gefertigt und mit kostbarsten Edelsteinen verziert.

Jetzt drehte sich der Doge um und die Freunde erschraken. Sie blickten in ein uraltes Gesicht mit toten, milchigen Augen und unzähligen Falten. Der Doge war blind. Enrico Dandolos Mundwinkel hingen mürrisch herab. „Stimmt das, was ich da gerade hören musste?", fragte er mit brüchiger Stimme.

„Ja", preschte Leon vor. „Wir haben gesehen, wie das Geld der Kreuzritter gestohlen wurde. Außerdem wurden zwei Wachen entführt!"

Der Doge richtete seine weißen Augen auf Leon, und der Junge senkte den Blick.

„Wer bist du, dass du ungefragt deine Stimme erhebst?", fragte der Doge schneidend.

„Entschuldigung", murmelte Leon.

Enrico Dandolo mochte ein blinder Greis sein, aber Leon ahnte, dass man ihn keine Sekunde unterschätzen durfte. Dandolo verkörperte die Macht des Dogen mit jedem Zentimeter seines zerbrechlich wirkenden Körpers. Rasch stellte Leon seine Freunde und sich vor. Als der Junge die Katze erwähnte, machte diese einen Buckel und fauchte leise. Offenbar war der Doge auch ihr nicht geheuer.

„Schon gut, und jetzt berichtet, was ihr beobachtet habt!“, befahl der blinde Greis.

„Ja, und lasst bloß nichts aus!“, meldete sich Montferrat zu Wort.

Die Freunde erzählten alle Einzelheiten. Als Kim den Namen St. Pol nannte, schlug Montferrat die Hände vors Gesicht: „Großer Gott, das ist doch unmöglich!“

„Ruhe“, raunzte der Doge ihn an. Dann wandte er sich an die Kinder. „Wisst ihr, wohin die Diebe das Geld und die Wachen gebracht haben?“

So gut sie es konnten, versuchten die Freunde, den Ort zu beschreiben. Aber ihre Angaben waren nicht besonders genau.

Ungeduldig klatschte der Doge in die Hände. Sofort ging die Tür auf und eine der Wachen erschien.

„Sucht St. Pol“, ordnete Dandolo an. „Und viel wichtiger: Sucht die Truhen mit dem Geld. Wie viel Silbermark waren es überhaupt?“

Der Kreuzritter seufzte. „Etwa 90.000 Silbermark! Das Geld muss wieder her, unter allen Umständen. Wir müssen unsere heilige Mission erfüllen!“

„Richtig“, schnappte der Doge. Sein mit einem Rubinring geschmückter Zeigefinger deutete auf die Brust des Soldaten. „Alarmiert alle Wachen in der Stadt, riegelt die Kanäle ab, sucht im gesamten San-Marco-Viertel. Und kein Schiff darf Venedig mehr verlassen, ist das klar?“

„Certo!“, flüsterte die Wache ehrfürchtig und entfernte sich eilig.

„Auch ich werde meine Männer losschicken, um St. Pol zu schnappen“, sagte Montferrat entschlossen. „Wir müssen diesen Verräter zur Rechenschaft ziehen. Ein Kreuzritter stiehlt unser Geld, entführt unsere Männer. Wenn das der Papst erfährt …“

Der Doge tastete sich zum Tisch zurück. Er trank einen Schluck Wein, bevor er sagte: „Noch weiß Innozenz nichts von dem Diebstahl. Und wenn wir die Täter schnappen und das Geld finden, braucht er auch nichts zu erfahren. Es würde kein gutes Licht auf die Mission der Kreuzritter werfen. Man könnte meinen, dass Gott die Kreuzritter verlassen hat, mein lieber Montferrat. Ohne das Geld ist der Kreuzzug zu Ende …“

Der Ritter bekreuzigte sich. „Wie meint Ihr das? Ist es etwa nicht auch Eure Mission? Immerhin seid auch Ihr Christ.“

„Natürlich bin ich das“, entgegnete Dandolo ernst.

„Und ich bedauere den Verlust des Geldes und das drohende Scheitern des göttlichen Auftrags mindestens ebenso. Aber Ihr wart es, der nicht richtig auf das Geld aufgepasst hat, Ihr habt den falschen Mann dafür eingesetzt."

Nervös nestelte Montferrat an seinem Hemd. „Wie konnte ich ahnen, dass mein bester Mann …" Er brach den Satz ab und schaute beschämt zu Boden.

„Schon gut", sagte der Doge. „Geht jetzt, Montferrat und helft, die Täter zu jagen."

Montferrat verabschiedete sich und wandte sich dann an die Kinder: „Los, ihr habt hier nichts mehr verloren."

„Halt!", stoppte der Doge ihn. „Die Kinder bleiben hier."

„Wir Ihr meint", erwiderte Montferrat und verschwand.

„Kommt her", befahl Dandolo den Freunden.

Zögernd traten Kim, Julian und Leon dichter an den mächtigen Mann heran. Nur Kija blieb, wo sie war – in der Nähe der Tür.

Jetzt streckte der Doge den rechten Arm aus. Sein knöchriger, langer Zeigefinger berührte Kims Schulter. Das Mädchen erschauderte.

„Bene", sagte er heiser, „jetzt seid ihr nah, ganz nah …"

Er richtete seine weißen, toten Augen auf die Kinder. „Ihr seid mutig." Er lachte unvermittelt lautlos in sich hinein. „*Todes*mutig könnte man es auch nennen. Manchmal ist es klüger, wegzuschauen, wenn Gefahr droht."

„Aber wir haben doch nur unsere Pflicht getan", erwiderte Kim.

Der knöchrige Finger fuhr über ihre Haare, und das Mädchen zog unwillkürlich den Kopf zurück. Am liebsten wäre Kim weggerannt, aber sie beherrschte sich.

„Angst? Du hast Angst, nicht wahr?" Die Stimme des Dogen war nur noch ein Krächzen. „Es ist gut, sich zu fürchten. Dann wird man nicht leichtsinnig. Aber ihr wart es. Hört auf, euch in Dinge einzumischen, die ihr nicht zu steuern vermögt. In Dinge, die euch töten könnten."

Entsetzt sahen sich die Freunde an.

Der dünne Finger machte sich wieder auf die Reise durch Kims Haare. „Und das wäre doch schade um euch. Ihr seid noch so jung, blutjung. Geht jetzt, es ist spät."

Erleichtert verließen die Kinder die Privatgemächer des Dogen. Bevor sie zum Stall zurückgingen, traten sie auf die von Laternen beleuchtete Mole, die den Palast vom Wasser trennte.

„Ein unheimlicher Mensch, dieser Dandolo“, sagte Julian.

„Allerdings“, stimmte Kim zu, atmete tief die Nachtluft ein und schaute auf das San-Marco-Becken hinaus. In der Ferne glitzerten die Lichter der Insel *San Giorgio Maggiore*.

Leon zupfte sich am Ohrläppchen. „Er hat uns ausdrücklich gewarnt. Wir sollen nicht weiterermitteln.“ Kim lächelte. „Ich denke, daran wird er uns nicht hindern, oder?“

Leon und Julian nickten.

Ein Miauen ließ sie zu Boden sehen. Kija war Richtung Stall losgelaufen.

„Wir kommen schon“, sagte Julian und folgte der Katze. Auch Leon kam nach. Nur Kim blieb noch einen Moment stehen und genoss den Anblick des Inselchens. In diesem Moment nahm sie aus den Augenwinkeln eine schnelle Bewegung wahr. Ein Mann glitt aus den Schatten der Arkaden. Kim sah genauer hin. Jetzt lief die Gestalt an einer der Laternen vorbei, Licht fiel auf ihr Gesicht und sorgte dafür, dass sich Kims Puls rasant beschleunigte. Dieser Mann, daran hatte Kim keine Zweifel, war niemand anderes gewesen als di Vecchio, der Bettler mit dem Doppelleben. Was hatte der hier nachts verloren, hatte er sie beschattet?

Im Netz gefangen

Am nächsten Morgen beratschlagten die Kinder bei der Arbeit im Stall, wie sie weiter vorgehen sollten. Kim hatte ihren Freunden vor dem Einschlafen erzählt, dass sie di Vecchio gesehen hatte. Leon und Julian waren ebenso beunruhigt wie sie selbst, aber zu müde gewesen, um die nächsten Schritte zu planen. Doch nun stand eine Entscheidung an.

„Wir machen weiter", sagte Leon. „Auch wenn uns der Doge gewarnt hat und uns dieser di Vecchio hinterherschleicht."

„Gut." Kim versuchte, fröhlich zu klingen. „Vielleicht finden wir das Haus wieder, wo die Täter die Truhen abgeladen haben. Das Geld ist bestimmt noch in Venedig, alle Kanäle sind doch abgeriegelt worden."

Ihre Stunde schlug am Nachmittag. Luca hatte ihnen, wie er fand, die Reste eines wahren Festmahls gebracht: *Sarde in Saor* – Sardinen mit Zwiebeln, Olivenöl, Rosinen und Pinienkernen. Dazu gab es Weißbrot und *Polenta*. Alle stürzten sich auf das Essen, bis auf Kim, die keinen Fisch mochte und sich nur an die Polenta halten konnte. Nach dem Essen streckte sich Luca im Heu aus und begann zu schnarchen. Und da er den Freunden keinen Auftrag erteilt hatte, schlichen diese auf Zehenspitzen aus dem Stall.

Eine Viertelstunde später irrten sie durch die Gassen von San Marco. Eine schüchterne Frühlingssonne schien, das Viertel war voller Leben. Kinder spielten mit einem hölzernen Reifen, fliegende Händler boten Backwaren an, aus Werkstätten dröhnte Lärm. Vor einem Haus stand ein *Barbier* und stutzte einem Kunden den Bart.

Julian hatte die Führung übernommen. Doch er fand das Haus nicht. Schließlich blieb er auf einem Campo stehen und kratzte sich am Kopf. Auch Kim und Leon hatten keine Ahnung, in welche Richtung sie gehen sollten.

Kija beobachtete ihre ratlosen Freunde einige Sekunden. Dann stellte sie den Schwanz hoch und stolzierte in die schmalste Gasse, die von dem kleinen Platz abzweigte.

„Ob Kija etwa weiß, wo wir hinmüssen?“, fragte Leon skeptisch.

Kim nickte. „Gut möglich. Wäre schließlich nicht das erste Mal.“ Und tatsächlich: Kija führte sie auf direktem Weg bis vor das verdächtige Haus. Kim beugte sich zu der klugen Katze hinunter. „Was würden wir nur ohne dich machen? Jetzt können wir diese Bude etwas genauer unter die Lupe nehmen!“

Julian stöhnte auf. Es gefiel ihm gar nicht, am helllichten Tag in ein fremdes Gebäude zu schleichen. Doch Leon und Kim hatten die Tür bereits aufgestoßen, nachdem sie sich vergewissert hatten, dass niemand sie beobachtete. Also ging Julian den anderen hinterher.

Durch die Ritzen der Fensterläden fielen schmale Streifen Licht, in denen der Staub einen schwerelosen Tanz aufführte. Es roch nach feuchten Wänden. Plötzlicher Flügelschlag, eine Taube gurrte. Allmählich gewöhnten sich die Augen der Freunde an das Zwielicht. Sie standen in einem großen Raum, der bis auf ein paar Kisten und Säcke leer war.

„War wohl mal ein Lager oder so was“, murmelte Kim. Sie ging voran, hob einen der zerschlissenen Säcke auf, betrachtete ihn und ließ ihn wieder fallen.

Die neugierige Kija war schon in das angrenzende Zimmer geschlüpft. Vorsichtig folgten die Freunde der Katze. Dieser Raum war noch düsterer als der erste. Bei jedem Schritt ächzten die altersschwachen Holzbohlen. Unter ihnen gluckerte es. Standen sie über einem Kanal? Dann waren dumpfe Töne über ihnen zu hören, möglicherweise Schritte. War das Haus etwa doch nicht unbewohnt? Die Freunde sahen hoch, aber es war so finster, dass sie die Decke nicht sehen konnten. Ihre Herzen hämmerten.

„Lasst uns umdrehen, hier finden wir sowieso nichts. Es ist doch viel zu dunkel“, schlug Julian flüsternd vor.

Die anderen waren einverstanden. Sie machten kehrt, als plötzlich etwas von oben auf sie herabfiel – ein Netz!

Die Freunde schrien auf, versuchten, das Netz zu zerreißen, aber verhedderten sich nur noch mehr in den stabilen Maschen. Auch Kija konnte mit ihren scharfen Krallen nichts ausrichten. Schließlich fielen die Kinder übereinander und saßen endgültig in der Falle.

„Was haben wir denn da für einen außergewöhnlichen Fang gemacht?“, erklang eine Stimme, näselnd und höhnisch.

Ein Fensterladen wurde aufgestoßen und Licht flutete in den Raum. Die Freunde blinzelten. Jetzt erkannten sie einen mittelgroßen, breitschultrigen Mann mit einem imposanten Schnauzbart. Er trug die derbe Kluft eines Handwerkers. Seine Hände waren schwielig. Und in diesen Händen lag ein Messer.

„Drei kleine Diebe und eine Katze“, näselte der Bärtige. „Und das mitten am Tag.“

„Wir wollten nichts stehlen“, rief Julian.

„Ja, ja, natürlich“, erwiderte der Mann und grinste höhnisch. Er ging um seine Beute herum und schien nachzudenken, was er mit ihr anfangen sollte.

„Im Ernst: Was hätten wir hier stehlen sollen? Das Lager ist doch leer“, fügte Julian hinzu.

„Hier? Nichts, da hast du wohl Recht“, gab der Bärtige zurück. „Aber ich wohne über diesem leeren Lager. Und vermutlich wolltet ihr zu mir, ihr kleinen Verbrecher! Ich glaube, dass ich euch den Stadtwachen übergebe, damit sie euch ins Verlies werfen.“

„Nein, bitte nicht“, platzte es aus Kim heraus. Kija fauchte aggressiv.

„Pst“, machte der Mann. „Ich frage mich nur, was ihr hier gesucht habt, wenn ihr nichts stehlen wolltet.“

„Wir können es erklären“, rief Julian. „Vergangene Nacht gab es in diesem Haus einen Kampf. Womöglich hat dieser Kampf etwas mit dem Raub des Kreuzrittergeldes zu tun. Hast du davon gehört?“

Der Bärtige grinste breit. „Aber ja, das Geld der Kreuzritter ist verschwunden. Jeder in Venedig weiß es inzwischen. Sehr tragisch. Der heilige Auftrag steht auf dem Spiel.“

„Genau“, sagte Leon. „Und wir wollen helfen, das Geld wiederzufinden.“

Jetzt lachte der Mann dröhnend. „Ihr?“

„Genau!“, beharrte Kim. „Und nun lass uns hier raus. Wir haben nichts getan!“

Zu ihrer Überraschung kam der Mann dichter an sie heran. Er schüttelte den Kopf. „So eine verrückte Geschichte kann man sich nicht ausdenken. Ich glaube euch.“ Dann half er ihnen aus dem Netz.

„Danke“, sagte Julian. Er überwand sein Misstrauen gegenüber dem Mann und stellte sich und seine zwei Freunde höflich vor. Schließlich wollten sie ja Informationen von ihm. Der Bärtige nickte nur, vermied es aber, seinen Namen zu nennen.

„Zuerst drang ein Schrei aus diesem Haus. Dann liefen die Männer hinein. Es kam zum Kampf“, berichtete Julian. „Und davon hast du nichts mitbekommen?“

„Nein“, erwiderte der Bärtige und verschränkte die Arme vor der Brust. „Ich war in einer Schenke hier ganz in der Nähe. Es wurde ein bisschen später, wisst ihr.“ Er gluckste.

„Ach so.“ Julian war enttäuscht. „Wir dachten, dass du etwas beobachtet hast. Immerhin wohnst du ja direkt über dem Lager.“

„Tut mir leid“, sagte der Mann. „Aber das habe ich den Stadtwachen auch schon gesagt. Die haben das ganze Viertel durchkämmt und alle Leute befragt. Nein, ich habe keine Ahnung, was hier los war und mit wem die Kreuzritter gekämpft haben.“

Julian nickte. Seine Gedanken überschlugen sich. Irgendetwas kam ihm komisch vor, aber er wusste nicht, was es war. Noch nicht.

„Und als du nach Hause kamst, war auch alles ganz normal?“, fragte Julian weiter.

„Certo, alles wie immer“, entgegnete der Mann.

Wenig später standen die Freunde wieder vor dem Haus. Kim und Leon waren erleichtert, nur Julian wirkte nach wie vor angespannt. Er grübelte immer noch vor sich hin. Etwas hatte gerade nicht gestimmt, wie ein Puzzlestück, das nicht zu den anderen passen wollte, ganz gleich, wie man es drehte. Er rief sich die Antworten des Mannes ins Gedächtnis, ging sie noch einmal systematisch durch. Dann schnippte Julian mit den Fingern. „Der Kerl hat uns gerade angelogen. Er weiß mehr, als er zugibt.“

Das Versteck wird gestürmt

„Der Mann erwähnte, dass er nicht wisse, mit wem die Kreuzritter gekämpft hätten“, erklärte Julian. Seine Backen glühten. „Aber von Kreuzrittern hatte ich doch gar nicht gesprochen!“

„Stimmt!“, entfuhr es Kim und Leon gleichzeitig.

„Der Bärtige steckt in der Sache mit drin!“, sagte Julian. „Und deshalb hat er gelogen.“

„Sollen wir den Dogen alarmieren?“, fragte Leon.

„Nein“, sagte Julian schnell. „Er will nicht, dass wir ermitteln. Vermutlich kann er es nicht ertragen, dass wir fixer sind als seine Wachen.“

„Dann machen wir eben allein weiter“, sagte Kim obenhin.

„Lasst uns jetzt weiter das Haus suchen, wo die Kerle das Geld abgeladen haben“, schlug Julian vor. „Außerdem würde ich diesen Lügner gerne noch mal unter die Lupe nehmen. Aber das geht jetzt schlecht. Der Kerl passt sicher auf. Drittens würde es mich interessieren, wem das verlassene Lager gehört.“

„Das könnten Ela und die anderen wissen“, sagte Kim. „Vielleicht erhalten wir bei ihnen auch eine Antwort auf die Frage, was Matteo in der Nähe des Tatortes verloren hatte …“

„Gute Idee!“, rief Julian. „Also suchen wir zuerst das Haus, dann das Versteck der Straßenkinder.“

„Und was ist mit Luca?“, warf Leon ein. „Er wird uns garantiert vermissen.“

„Egal“, gab Kim zurück. „Dann muss der faule Heini die Arbeit eben mal selbst erledigen.“

Eine halbe Stunde später gaben die Freunde die Suche nach dem Haus auf. Noch nicht einmal Kija hatte ihnen helfen können.

„Und wo können wir Ela und die anderen finden?“, fragte Julian mutlos.

„Vielleicht auf dem Markusplatz“, erwiderte Leon. „Der scheint zu ihren Jagdrevieren zu gehören.“

Leon behielt Recht. Ela, Matteo, Enzo, Mario und Guiseppe lungerten in der Nähe der Säule mit dem Löwen herum und musterten die Menschen, die an ihnen vorbeiströmten, aufmerksam.

Die Wiedersehensfreude war groß. Die Freunde berichteten, dass sie Arbeit und ein Dach über dem Kopf gefunden hatten.

„Nicht schlecht“, urteilte Ela. „Da habt ihr mächtig Glück gehabt. Wir aber auch.“ Sie lupfte den Zipfel eines Tuchs, das zwischen ihr und ihren Freunden auf dem Boden lag: Gebäck und Obst kamen zum Vorschein.

„Alles frisch vom Markt!“ Ela grinste. „Lasst uns nach Hause gehen und zusammen essen!“

Die Freunde waren einverstanden und so erreichten sie kurz darauf das alte Haus, auf dessen Dachboden die Straßenkinder lebten. Gerade als Ela der wackligen Tür einen Schubs gab, bemerkte Kim eine Gestalt, die sich an einem nahe gelegenen Obststand in eine Hausnische drückte. Kim sah genauer hin und erschrak: Wieder war es di Vecchio! Sie gab ihren Freunden einen Wink und deutete mit dem Kopf in die Richtung des Mannes.

„Ich sehe niemanden“, sagte Leon verstört.

„Da, in der Nische!“, zischte Kim. Doch jetzt war di Vecchio verschwunden, als wäre er durch die Wand gegangen. Vermutlich war er durch irgendeine Tür geschlüpft.

„Zu spät, er hat sich verkrümelt“, sagte Kim. Plötzlich war ihr kalt. Was wollte der Kerl von ihnen?

„He, wo bleibt ihr denn?“, hallte Elas Stimme aus dem Gebäude.

Die Freunde liefen die Treppe hinauf, wo Ela gerade das Tuch auf dem Boden ausbreitete.

Beim Essen kamen sie schnell auf das Thema Kreuzritter. Natürlich hatten auch die Straßenkinder gehört, dass der Schatz geraubt worden war.

„Schnelle Schiffe suchen alle Kanäle ab, Patrouillen streifen durch jede Gasse“, sagte Ela. „Aber bisher fehlt offenbar jede Spur von den Tätern.“

„Sieht ganz so aus, als sei das Geld noch in der Stadt“, ergänzte Matteo mit seiner leisen Stimme.

Die Freunde sahen sich an. Was wusste Matteo noch? Immerhin war er doch in der Nähe des Tatortes gewesen! Beiläufig stellten sie ihm ein paar Fragen, aber Matteo wich sämtlichen Fallstricken geschickt aus. Entweder wusste er wirklich nicht mehr, oder er war ein begnadeter Lügner.

Dann berichtete Julian von ihren Ermittlungen. Er beschrieb den Straßenkindern das verlassene Lager in der Nähe des Brunnens mit der Fischskulptur. Aber sie konnten ihnen auch nicht weiterhelfen.

Wenig später sagte Matteo etwas, was Julian, Kim und Leon zutiefst beunruhigte: „Es wird nicht nur nach dem Geld und den beiden Entführten gesucht.“ Er sah die Freunde mit seinen unruhig umherhuschenden Augen an. „Man sagt, dass auch nach Kindern gesucht werde, die zu viele Fragen stellen …“

Kim lächelte gekünstelt. Damit konnten nur sie gemeint sein. Vermutlich hatte der Lügner, der über dem Lager wohnte, die Wachen auf sie gehetzt! Vorsichtshalber wollte Kim das Thema wechseln, doch in diesem Moment erklang ein Schrei: „Alarm, die Stadtwache!“

Die Straßenkinder sprangen auf und stoben in alle Richtungen davon. Schwere Schritte polterten die Treppe hinauf.

Kopflos rannten die Freunde hinter Matteo her. Der schmächtige Junge zwängte sich durch ein Loch im kaputten Dach. Julian, Kim und Leon folgten seinem Beispiel und standen plötzlich auf einer steinernen Regenrinne in luftiger Höhe. Geschickt balancierte Matteo über die Rinne zum benachbarten Haus. Auch Kija machte sich auf den Weg. Doch Leon, Kim und Julian schluckten. Die Rinne war verdammt schmal …

Aber welche Alternative gab es? Schon wollten sie Matteo folgen, doch ein weiterer Schrei ließ sie innehalten. Das war Ela gewesen! Die Freunde drehten sich um, wagten einen Blick auf den Dachboden. Ein breiter Sparren bot ihnen Deckung.

Ela war von bewaffneten Männern umringt. Aber Enzo, Mario und Guiseppe war offensichtlich die Flucht geglückt.

„Gestehe, ihr steckt mit den Räubern unter einer Decke!“, brüllte einer der Männer, der offenbar ihr Hauptmann war.

Das Straßenkind schwieg mit verkniffenem Mund.

„Glaub mir, wir haben die Mittel, dich zum Sprechen zu bringen“, drohte der Hauptmann.

Ela presste die Lippen nur noch fester zusammen. Das Mädchen in den Lumpen wirkte unendlich verloren im Ring der Bewaffneten.

Kim sah Leon und Julian an. In ihren Augen war zu lesen, dass sie Ela unbedingt helfen wollte. Doch Julian schüttelte nur den Kopf. Sie durften jetzt nicht unüberlegt handeln, gegen die Wachen hatten sie nicht den Hauch einer Chance!

„Durchsucht den Dachboden“, ordnete der Hauptmann an.

Die Freunde tauchten hinter dem Sparren ab. Hoffentlich entdeckte man sie jetzt nicht! Sie machten sich so klein wie möglich.

„Ha, was haben wir denn hier?“, erklang die triumphierende Stimme des Hauptmannes.

Die Freunde wagten wieder einen Blick.

Der Hauptmann hielt Ela einen Beutel unter die Nase. Jetzt öffnete er ihn und griff hinein. Als er seine Hand wieder herauszog, blitzten Silbermünzen darin!

„Das stammt aus der Beute!“, brüllte er. „Alles Leugnen ist zwecklos. Ihr habt gemeinsame Sache mit den anderen Dieben gemacht. Denn ihr kennt euch gut aus in unserer Stadt.“

Ela senkte den Blick.

„Hat es dir die Sprache verschlagen?“, rief der Hauptmann höhnisch. „Wir bringen dich in den Kerker. Und glaube mir, du wirst uns verraten, wo der Rest der Beute ist!“

Er packte Ela und schubste sie vor sich her. Dann rumpelte der Trupp die Treppe hinunter.

„Was sollen wir nur tun?“, fragte Kim verzweifelt.

Doch weder Leon noch Julian hatten einen rettenden Einfall. Die Freunde ließen sich auf der Steinrinne nieder und beobachteten, wie die Männer mit Ela auf die Straße traten.

In diesem Moment geschah es. Matteo, Enzo, Mario und Guiseppe tauchten wie aus dem Nichts auf, griffen in die Auslage des Obststandes von dem Gebäude und deckten die Wachen mit einem Hagel aus Obst ein. Auf der Nase des Hauptmanns, der Ela an der Hand gepackt und hinter sich hergezogen hatte, zerplatzte eine überreife Pflaume. Der Mann brüllte auf und griff nach seinem Dolch. Diesen Moment nutzte Ela, riss sich los und verschwand wieselflink in einer Nebengasse. Auch die anderen Straßenkinder türmten, und zwar in verschiedene Richtungen, um die Verwirrung der Wachen und des fluchenden Obsthändlers noch zu vergrößern.

„Großer Gott, was steht ihr da so blöd rum?", blaffte der Hauptmann seine Leute an, während er sich angewidert die Pflaumenreste aus dem Gesicht wischte. „Schnappt sie!"

Die Wachen liefen los.

„Die kriegen sie nie!" Julian lachte.

„Glaube ich auch", sagte Kim. „Bestimmt hat dieser miese di Vecchio die Wachen auf die Straßenkinder gehetzt!"

„Vermutlich. Aber jetzt sollten auch wir uns lieber verkrümeln", erwiderte Leon.

Wenig später erreichten sie den Stall am Dogenpalast.

„Wo wart ihr?“, bellte Luca, als er die Freunde erblickte. Seine Augen funkelten vor Zorn.

„Wir haben uns total verlaufen“, entgegnete Julian spontan.

„Das wäre nicht passiert, wenn ihr den Stall erst gar nicht verlassen hättet!“, brüllte Luca. „Hier habt ihr zu arbeiten! Ich warne euch: Nutzt meine Gutmütigkeit nicht aus!“

Das versprachen die Freunde hoch und heilig.

„Eigentlich hätte ich gerade zu Tadessi laufen sollen“, sagte Luca. „Aber das wird jetzt einer von euch erledigen.“ Er deutete auf Leon. „Du da. Bring Tadessi zum Dogen. Er wünscht, ihn zu sprechen. Es ist sehr wichtig. Also beeil dich! Ihr anderen helft mir im Stall.“

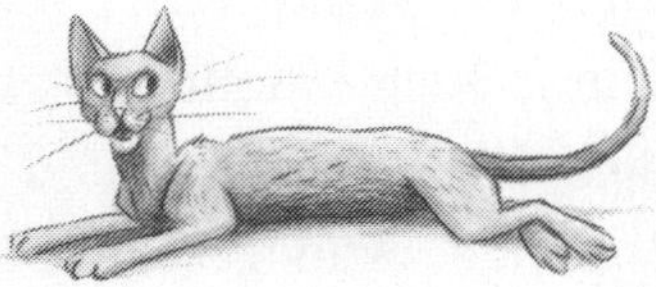

Feine Ohren

Wenig später eilte Tadessi zum Dogenpalast. Der Gewürzhändler schritt voran, während der Laufbursche Leon gebührenden Abstand zum Mitglied der Signoria hielt. Kurz bevor sie den Palast erreichten, kamen sie am Stall vorbei. Gerade schoben Julian und Kim zwei Fuhren mit Mist durchs Tor. Tadessi gab Leon mit einer Handbewegung zu verstehen, dass er ihn nicht mehr brauchte, und begab sich zu den Arkaden.

„Kein Trinkgeld", maulte Leon, als er wieder bei seinen Freunden stand. „So ein Pech!"

„He, da kommt ja auch Montferrat", rief Julian.

Und tatsächlich: Der Kreuzritter und Tadessi schüttelten sich die Hände. Nun gesellte sich ein dritter Mann zu den beiden. Die Freunde machten große Augen: Es war niemand anderes als di Vecchio! Wieder Händeschütteln. Es wurde sogar gescherzt. Offenbar kannten sich die Männer bestens.

„Welche Rolle spielt dieser di Vecchio?" Kim runzelte die Stirn.

„Was quatscht ihr da rum?“, ertönte da Lucas Stimme hinter ihnen. Er fuchtelte mit einer versiegelten Schriftrolle. „Gerade ist ein berittener Bote angekommen. Die Nachricht muss sofort zum Dogen. Leon, mach du das. Die anderen versorgen das Pferd des Boten!“

Leon eilte mit der Botschaft zum Palast. Atemlos stand der Junge kurz darauf vor den Gemächern des Dogen. Leon zeigte den Wachen die Schriftrolle, und man öffnete ihm die Tür zum Empfangszimmer. Schüchtern trat Leon in den Raum. Und da standen sie zusammen: der Doge, Montferrat, Tadessi und di Vecchio. Als di Vecchio Leon erblickte, wandte er sich sofort ab und sah aus dem Fenster.

„Ich bringe Nachrichten, mein ehrenwerter Doge“, sagte Leon.

„Ja, ja, ich werde sie mir später vorlesen lassen“, erwiderte Dandolo. Er schien die Post nicht für besonders wichtig zu halten. „Leg die Rolle in mein Arbeitszimmer hier gleich nebenan. Dann geh. Und zwar direkt durch die Tür des Arbeitszimmers.“

„Sehr wohl“, sagte Leon höflich und trug die Rolle ins Nachbarzimmer, das vom Raum, in dem die Männer standen, nicht einsehbar war. Dort befand sich ein mächtiger Schreibtisch aus poliertem Holz mit einem Tintenfass und einer Schreibfeder. Leon legte die Rolle auf den Tisch. Hinter sich hörte er die Stimmen der Männer.

„Das Geld ist wie vom Erdboden verschluckt“, sagte Montferrat gerade gereizt.

Nur zu gerne hätte Leon den Inhalt des Gesprächs mitbekommen. Plötzlich wurde ihm ganz heiß. Was wäre, wenn er einfach hier … Ja, das war eine Idee!

Leon ging zur Tür des Arbeitszimmers, öffnete sie kurz und schlug sie laut zu. Jetzt mussten die Männer denken, dass er den Raum verlassen hatte. Sie konnten sich ganz ungezwungen unterhalten. Auf Zehenspitzen schlich Leon zur Tür, die die beiden Zimmer voneinander trennte. Dort kauerte er sich, für die Männer unsichtbar, auf den Boden und spitzte die Ohren.

„Wie sieht es aus, mein lieber di Vecchio?“, erkundigte sich der Doge. „Ihr leitet doch die Ermittlungen.“

Leon staunte. Das durfte ja wohl nicht wahr sein!

Di Vecchios Stimme klang ungehalten. „Das Geld und die Entführten sind nach wie vor verschwunden“, gab er zu. „Auch von St. Pol fehlt jede Spur. Aber wir werden ihn, das Geld und die Männer schon finden.“

„Ja, aber wann?“, stieß Montferrat ungeduldig hervor.

„Es wird uns gelingen“, bekräftigte di Vecchio. „Wir haben jedoch noch einen ganz anderen Verdacht. Eine

Bande von Straßenkindern könnte mit der Sache zu tun haben."

Leon schüttelte den Kopf. Das wollte er einfach nicht glauben.

„Könnte?", erklang die Stimme des greisen Dogen unwirsch. „Liefert mir Ergebnisse, di Vecchio, und zwar schnell. Geht!"

Der Ermittler verabschiedete sich. Dann schlug eine Tür zu.

„St. Pol muss unbedingt gefasst werden", sagte jetzt Montferrat. „Wir brauchen das Geld, um die Schiffe zu bezahlen."

„Es gäbe noch eine andere Möglichkeit", erwiderte der Doge.

„So, welche denn?" In Montferrats Stimme schwang Hoffnung mit.

„Nun", erwiderte der Doge gedehnt. „Wir könnten Euch die Schiffe umsonst geben, damit der göttliche Wille erfüllt wird."

„Umsonst?" Montferrat klang ungläubig.

Nun meldete sich Tadessi, der die ganze Zeit geschwiegen hatte, zu Wort. „Fast umsonst", präzisierte er. „Wir haben die Schiffe, Ihr habt eine Armee. Unser Vorschlag: Ihr nehmt die Schiffe und besiegt unsere Feinde. Auf Eurem Weg ins Gelobte Land werdet Ihr zunächst nach Zara segeln und die Stadt erobern. Die

Kaufleute dort machen uns Konkurrenz. Euer Heer wird sie vernichten und die Beute teilen wir uns."

Für eine Minute herrschte Stille. Leons Gedanken rasten. Was für ein durchtriebener Plan!

Schließlich sagte Montferrat: „Wir haben eigentlich keinen Grund, gegen Zara vorzugehen. Andererseits müssen wir nach Jerusalem. Der Papst hat es uns befohlen, es ist der göttliche Wille! Gebt mir Bedenkzeit. Ich will mich mit meinen Hauptmännern beraten."

„Selbstverständlich. Aber lasst Euch nicht zu viel Zeit", sagte der Doge zum Abschied. Dann fiel die Tür erneut ins Schloss.

„Er wird darauf eingehen, da bin ich mir sicher", sagte Tadessi.

„Er hat kaum eine andere Wahl", stimmte der Doge ihm zu. Er lachte. „Und wenn die Kreuzritter schon mal in Zara sind, dann können sie auch gleich weiter nach Konstantinopel ziehen!"

„Oh ja!", rief Tadessi. Er war offenbar bestens gelaunt. „Aber nun muss auch ich gehen. Lasst es mich wissen, wenn Montferrat eine Entscheidung getroffen hat."

Zum dritten Mal wurde die Tür geöffnet und geschlossen.

Leon hatte zu schwitzen begonnen. Das musste er unbedingt Kim und Julian erzählen. Aber dafür musste er erst einmal hier raus. Vorsichtig erhob er sich. Dabei knackste sein Knöchel.

„Wer ist da?“, erklang die brüchige Stimme des Dogen.

Leon hielt den Atem ab. Der alte Mann schien über ein besonders feines Gehör zu verfügen. Schon näherten sich schlurfende Schritte und der Doge erschien. Er stand fast neben dem Jungen. Leon wagte nicht, sich zu rühren.

„Wer ist da?“, fragte der Doge erneut drohend.

Der Junge presste die Lippen aufeinander. Er zitterte.

Der Doge drehte den Kopf hin und her. Jetzt waren die milchigen Augen direkt auf Leon gerichtet. Der Greis rümpfte die Nase.

„Hier riecht es …“ Der Doge schnüffelte. „Ja, hier riecht es ganz leicht nach Stall. An wen erinnert mich das bloß?“

Leons Herzschlag setzte aus. Der Doge konnte ihn vielleicht nicht sehen, aber er roch ihn!

Der Doge streckte den Arm aus. Die knöchrige Hand verfehlte um Haaresbreite Leons Schulter. Leon verhielt sich ganz ruhig.

„Hm, hab mich wohl geirrt“, murmelte Dandolo.

Zu Leons grenzenloser Erleichterung wandte sich der Doge ab und ging zurück ins Empfangszimmer.

Auf Zehenspitzen schlich Leon nun zur Tür des Arbeitszimmers und öffnete sie leise. Dann trat er wie selbstverständlich auf den Flur und gelangte unbehelligt zurück in den Stall.

Dort drückte Luca ihm wortlos eine Mistgabel in die Hand. Während Leon zu schuften begann, konnte er Julian und Kim im Flüsterton von seinen Ermittlungen berichten.

„Irre", sagte Kim leise. „Aber wir wissen immer noch nicht, wo die Entführten und das Geld sind!"

„Da hast du Recht", sagte Julian. „Wir haben aber noch einen Anhaltspunkt: den Lügner, der über dem Lager wohnt. Den sollten wir noch mal unter die Lupe nehmen!"

„Was hast du vor?"

„Ganz einfach: Wir konfrontieren ihn mit seiner Lüge. Mal sehen, wie er reagiert!"

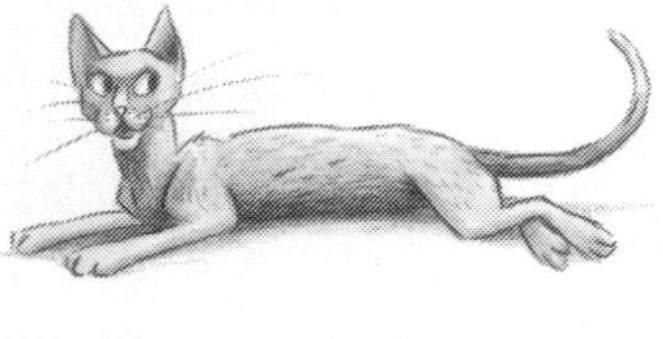

Klopfgeräusche

Am nächsten Tag konnten sich die Freunde gegen Mittag aus dem Stall stehlen. Den ganzen Vormittag über hatten sie das Gefühl gehabt, dass Luca sie beobachtete. Wusste er mehr, als sie ahnten? Einmal mehr überkam die Freunde ein mulmiges Gefühl. Der Doge hatte ihnen deutlich zu verstehen geben, dass sie sich nicht einmischen sollten. Und nur zu gut erinnerten sie sich an den Kreuzritter, der die Streitaxt auf ihr Boot geschleudert hatte. Es war ein besonders kniffliger Fall und ein höchst gefährlicher. Doch diese eine Spur, die sie noch hatten, die wollten sie weiterverfolgen.

Kija führte sie schnurstracks zum verlassenen Lager. Die Kinder durchquerten es und gelangten zu einer Treppe, die ins obere Geschoss führte. Kim pochte an die Tür der Wohnung. Keine Reaktion. Das Mädchen probierte es erneut, aber wieder geschah nichts. Enttäuscht wandten sich Leon und Julian ab.

„Wartet“, zischte Kim. „Hört ihr das nicht?“

Leon und Julian lauschten. Und jetzt vernahmen auch sie es – schwache Klopfgeräusche!

„Das kommt aus der Wohnung!“, hauchte Kim. „Da ist *doch* jemand!“ Schon sauste sie los.

Das zweite Obergeschoss war ebenfalls unbewohnt. Es gab noch nicht mal eine Tür, die die Freunde hätte aufhalten können. Überall lag Gerümpel herum.

„Na toll, jetzt stehen wir in einer verlassenen Bude. Das bringt uns nicht weiter, Kim“, beschwerte sich Leon. „Außerdem kann jeden Moment der Lügner zurückkommen. Dann haben wir ein Problem.“

„Abwarten“, erwiderte Kim ungerührt und ging zum Fenster. Sie öffnete es und spähte hinaus. „Ich brauche ein Seil oder so was. Bin gleich wieder da.“ Sie lief die Treppe wieder hinunter und kehrte kurz darauf mit einem Tau zurück. „Hab ich am Kanal gefunden“, erklärte Kim. „Jetzt wird geklettert!“

Und ehe sich Leon und Julian versahen, hatte Kim ihnen das eine Tauende in die Hände gedrückt. „Gut festhalten!“, ordnete sie an.

Sie vergewisserte sich, dass niemand sie beobachtete und ließ das andere Ende des Taus aus dem Fenster gleiten. Dann begann Kim, sich zur Wohnung des Lügners abzuseilen, während die Jungen sie sicherten. Kim riskierte einen Blick nach unten. Bis zum Boden war es verdammt weit. Ein leichter Schwindel überkam sie.

Und plötzlich fühlte sich das Tau sehr glatt an. Ihre Hände krampften sich um das Seil, bis sie schmerzten. Kim konzentrierte sich, atmete ein paarmal tief ein und aus. Nicht verrückt machen!, mahnte sie sich und setzte den Abstieg fort. Keine dreißig Sekunden später baumelte Kim auf der Höhe des Fensters im ersten Obergeschoss. Rasch warf sie einen Blick in die Wohnung des Lügners. Und was sie dort erspähte, ließ ihre Augen groß werden: Da hockten sechs gefesselte Männer an der Wand! Über ihre Köpfe waren Säcke gestülpt worden, die nur eine Öffnung für den Mund freiließen. Kim überlegte keine Sekunde. Sie gab dem Fensterkreuz einen gut platzierten Tritt, sodass das Glas splitterte und das Fenster aufflog. Dann kletterte sie geschickt in die Wohnung.

„Wer ist da?“, fragte einer der Gefesselten, aber Kim antwortete nicht. Sie flitzte zur Wohnungstür und riss sie auf. Schon stürmten Leon, Julian und Kija herein. Gemeinsam liefen sie zu den Gefesselten zurück und zogen ihnen die Säcke von den Köpfen.

„St. Pol!“, entfuhr es Kim. „Was macht Ihr denn hier?“

Der Kreuzritter blinzelte. Offenbar blendete ihn das Licht. „Drei Kinder und eine Katze als Retter – unglaublich!“ Er hielt den Freunden seine Hände hin. „Könnt ihr die Fesseln lösen?“

Leon durchsuchte die Wohnung und kehrte mit einem Messer zurück. Schnell waren alle Fesseln durchtrennt.

Dann berichtete St. Pol: „Wir sind in eine Falle gelockt worden. Auf dem Weg zur Wachablösung hörten wir einen Schrei, der aus diesem Haus kam. Wir dachten, jemand sei in Not, und wollten helfen. Im Haus lauerte man uns in der Dunkelheit auf. Wir wurden niedergeschlagen. Dann zogen die Täter unsere Kleidung an."

Nun meldete sich einer der anderen Männer zu Wort. „Als sie zu dem Haus kamen, in dem unser Silberschatz versteckt war, schöpften wir keinen Verdacht. Wir dachten, dass es die Wachablösung sei. Aber dann schlugen sie uns ebenfalls nieder, raubten das Geld und entführten uns."

„Ihr habt das viele Geld nur zu zweit bewacht?", fragte Kim.

St. Pol nickte. „Wir wollten jedes Aufsehen vermeiden. Hätten wir dort hundert Mann abgestellt, hätte jeder gemerkt, dass in diesem unscheinbaren Gebäude ein Schatz lagert. Man sperrte uns zusammen in diese Wohnung. Außerdem bekamen wir Säcke über den Kopf, damit wir unsere Entführer nicht erkennen konnten. Mein Gott, die Säcke riechen vielleicht intensiv. Und meine Augen brennen und tränen schon die ganze Zeit wie verrückt!"

Julian nahm einen der hellbraunen Säcke. Der Geruch war wirklich sehr stark – und plötzlich hatte der Junge einen Verdacht!

„Immer wenn wir allein waren, trampelten wir mit den Füßen auf den Boden, um auf uns aufmerksam zu machen. Na ja, das hat ja auch geklappt“, beendete St. Pol seinen Bericht.

„Also habt Ihr keine Ahnung, wer hinter der Sache steckt?“, forschte Kim nach.

„Nein“, bedauerte St. Pol. „Und jetzt ist unsere Kriegskasse verschwunden! Großer Gott, das ist eine Katastrophe für den Kreuzzug!“

„Ja, und weil von Euch jede Spur fehlte, verdächtigt man Euch, das Geld geraubt zu haben!“, ergänzte Leon.

Nur Julian schwieg. Diese Säcke! Er ahnte, dass er eine ganze heiße Spur hatte. Aber er wollte seinen Verdacht nicht vor den Kreuzrittern äußern.

Ein Geräusch ließ ihn herumfahren. Die Wohnungstür schwang auf und der bärtige Lügner erschien. Seine Augen weiteten sich. Schon wollte er auf dem Absatz kehrtmachen und fliehen. Doch die Kreuzritter schnappten den Mann.

„Wo ist das Geld?“, zischte St. Pol und packte den Lügner mit stählernem Griff im Genick.

„Keine Ahnung!“, winselte der Bärtige. „Ich schwöre es bei Gott!“

„Besudele nicht den Namen des Herrn!“, drohte St. Pol.

„Aua!“, jammerte der Lügner. „Ich weiß es doch wirklich nicht. Ich hatte nur den Auftrag, auf Euch aufzupassen.“

St. Pol verhörte den Mann weiter, brachte aber nichts aus ihm heraus. Schließlich ordnete der Kreuzritter an, den Bärtigen zum Dogenpalast zu bringen.

Unten in der Gasse zog Julian seine Freunde dicht zu sich heran. „Ich muss euch etwas Wichtiges sagen!“, wisperte er aufgeregt.

Heiße Fracht

„Die Säcke, die man den Kreuzrittern übergestülpt hatte, riechen stark nach Chili!“, erklärte Julian.

„Na und?“

„Überlegt doch mal“, fuhr Julian fort. „Tadessi ist der Einzige in Venedig, der mit Chili handelt! Der Gewürzhändler steckt in der Sache mit drin, wetten?“

„Genial!“ Leon klopfte Julian anerkennend auf die Schulter.

„Wir sollten uns mal bei Tadessi umschauen, um herauszufinden, ob er tatsächlich genau diese Säcke benutzt!“, sagte Kim aufgeregt.

Doch zunächst führte ihr Weg mit St. Pol in den Dogenpalast. Dort wurden sie umgehend von Enrico Dandolo empfangen. Auch Montferrat war gleich zur Stelle. Er schien unendlich erleichtert, dass St. Pol und die anderen drei Kreuzritter nun doch nicht die Täter waren.

„Ja“, sagte der Doge mit seiner brüchigen Stimme. „Aber die wahren Täter sind flüchtig. Und das Geld ist immer noch weg.“

St. Pol nickte betrübt. „Was soll nur aus unserer göttlichen Mission werden?“

Der Doge fuhr sich versonnen über die Corno, als wollte er sich vergewissern, dass sie noch da sei. „Nun“, sagte Dandolo gedehnt. „Da haben mein lieber Freund Montferrat und ich eine Lösung gefunden, nicht wahr?“

„So ist es“, pflichtete Montferrat dem Dogen zu. „In seiner unendlichen Großzügigkeit will uns der Doge die Schiffe umsonst zur Verfügung stellen, wenn wir mit unseren Truppen Zara erobern.“ Dann erklärte er St. Pol den Plan.

„Wenn es dem Auftrag dient“, sagte St. Pol etwas reserviert.

„*Va bene*, dann sind wir uns ja einig“, antwortete der Doge und wandte sich an die Freunde. „Und nun zu euch. Wenn ich mich richtig entsinne, habe ich euch davor gewarnt, eure Ermittlungen fortzuführen.“ Die Stimme des Dogen war schneidend geworden.

„Ja, aber …“

„Kein Aber!“, zischte der Doge heftig. „Ihr macht unsere Stadtwachen lächerlich. Geht dorthin, wo ihr hingehört, in den Stall!“

Beleidigt gehorchten die Freunde.

„So ein alter Meckerheini“, sagte Kim, als sie unter sich waren.

„Nicht so laut", flehte Julian.

„Ist doch wahr!", beharrte Kim. „Wir riskieren Kopf und Kragen, und der Doge bedankt sich noch nicht einmal."

Im Stall empfing Luca die Kinder mit einem Donnerwetter und deckte sie dann bis zum frühen Abend mit Arbeit ein. Erst als die Plackerei beendet war, konnten sich die Freunde auf den Weg zu Tadessi machen. Die Luft war mild. Die untergehende Sonne schickte ein paar goldene Streifen in die verwinkelten Gässchen und ließ Lichter auf den Kanälen tanzen.

„Hat jemand einen Plan?", fragte Kim unterwegs.

„Nö", gab Leon zu.

„Lasst uns erst mal hingehen", schlug Julian vor. „Vielleicht können wir unbemerkt in das Lager schlüpfen."

Vor Tadessis Gewürzhandel herrschte das übliche geschäftige Treiben. An der Kaimauer lag eine einmastige, etwa dreißig Meter lange Kogge, die gerade entladen wurde.

„He, seht mal: Da sind ja ein paar alte Bekannte", rief Leon.

Jetzt erkannten auch Julian und Kim, wen Leon meinte: Ela, Matteo und deren Freunde schleppten Säcke von Bord.

„Die scheinen sich ein bisschen Geld verdienen zu

wollen. Hoffentlich werden sie anständig bezahlt", sagte Kim. Ihre Augen wurden schmal. „Sie schaffen die Waren ins Lager. Das wäre also genau der richtige Job für uns."

„Ja, aber vorn bei der Kogge steht ein Aufpasser", gab Leon zu bedenken, um gleich einzuschränken: „Doch besonders ernst nimmt er seine Aufgabe nicht. Er flirtet mit einer jungen Frau."

„Umso besser!" Julian grinste. „Dann fällt es nicht besonders auf, wenn wir Ela und den anderen ein bisschen helfen."

Und so reihten sich Julian, Kim und Leon in die Karawane der Arbeiter ein. Der Aufpasser bemerkte sie nicht – nach wie vor galt seine ganze Aufmerksamkeit der hübschen Frau. Jetzt sprangen die Freunde an Bord. Stabile, breite Leitern führten vom Oberdeck in den Frachtraum. Schwer beladen kletterten die Arbeiter wie Ameisen die Sprossen hinauf. Kim, Leon und Julian stiegen in den Bauch der Kogge, schnappten sich jeder einen kleinen Sack und folgten den anderen Arbeitern zu Tadessis Palazzo.

Das große Lager im Erdgeschoss hatte zwei niedrige Zwischengeschosse. Diese waren durch Treppen und Leitern miteinander verbunden und in viele kleine und große nummerierte Kammern unterteilt.

Am Tor stand ein mürrisch dreinblickender Vorarbeiter neben einem kleinen Schreibpult und kommandierte die Lastenträger herum. Er stoppte Leon. „Was hast du da?“, fragte er und warf einen Blick auf den Sack.

Leon begann zu schwitzen, weil er Angst hatte, dass der Vorarbeiter erkennen würde, dass er gar nicht zu den Trägern gehörte.

„Ach, das ist Pfeffer. Bring den Sack in die Kammer da rechts unten, die mit der Nummer zwei, falls du lesen kannst“, ordnete der Mann an und machte eine Notiz. „Und beeil dich, hopp, hopp!“

Leon gehorchte und atmete auf. Auch Kim und Julian wurden in Kammer Nummer zwei geschickt. Schnaufend luden sie die Säcke ab.

Rasch blickte sich Leon um. „Wir sind allein“, stellte er fest, „und könnten uns mal ein wenig umsehen.“

In diesem Moment huschte Kija heran.

„Prima, jetzt sind wir ja wieder komplett“, freute sich Kim.

Derweil hatte sich Leon über den Pfeffersack gebeugt. „Nein, der Sack ähnelt nicht denen, die den Kreuzrittern über den Kopf gestülpt wurden. Falsche Farbe. Wir müssen in die anderen Lagerräume!“

Julian spähte vorsichtig aus dem Abteil. Der Vorarbeiter drehte ihnen den Rücken zu und scheuchte die Lastenträger hin und her. Julian gab seinen Freunden einen Wink und sie flitzten in das angrenzende Abteil. Doch das war leer. Sie versuchten es im nächsten, stießen aber nur auf ein paar Kisten, die nach Curry rochen. Da miaute Kija. Sie sah die Freunde mit großen, grünen Augen an und legte den Kopf schief. Dann sauste sie an den nächsten Abteilen vorbei bis in den hintersten Winkel des Lagers.

Nach einem nervösen Blick in Richtung des Vorarbeiters eilten Kim, Leon und Julian der Katze hinterher und fanden Kija in einer düsteren Kammer, die gänzlich leer zu sein schien.

„Was willst du denn hier?“, fragte Julian.

Wieder miaute Kija, aber diesmal eindringlicher.

„Wartet mal“, bat Leon. Hier war es zwar ziemlich düster, aber doch nicht so dunkel, dass er nicht erkannt hätte, vor was Kija hockte. Leon lief zu ihr und bückte sich.

„Schnell, kommt her!“, wisperte er. „Kija hat etwas gefunden!“

Kim und Julian hasteten zu Leon und der Katze.

Leon hielt den Freunden einen Sack unter die Nasen. „Chili“, flüsterte er aufgeregt. „In diesem Sack wurde Chili transportiert!“

Julian nahm den Sack und ging mit ihm ein Stück Richtung Tor, wo es heller war.

„Die Farbe passt auch: hellbraun!“, sagte er zu seinen Freunden. „Leute, ich sage euch: Tadessi ist unser Mann!“

„Aber wo ist das Geld?“, hauchte Kim.

„Schaut mal, da kommt ja noch ein alter Bekannter!“, zischte Julian und deutete zum Tor.

Luca war auf der Bildfläche erschienen – mit einer Schriftrolle.

„Das ist bestimmt eine Botschaft für Tadessi!“, sagte Julian, während er mit seinen Freunden in Deckung ging.

Jetzt polterte der Vorarbeiter die Treppe hinunter. Er wechselte ein paar Worte mit Luca und verschwand wieder. Kurz darauf tauchte Tadessi allein auf, nahm die Schriftrolle in Empfang, drückte Luca etwas in die Hand und scheuchte ihn fort. Tadessi öffnete die Rolle und überflog den Inhalt. Ein Lächeln huschte über sein Gesicht. Dann legte er die Hände an den Mund und brüllte ein paar Kommandos. Augenblicklich brach große Hektik aus. Arbeiter wuchteten schwere Kisten zum Schiff. Matrosen eilten herbei und bekamen den Auftrag, die Kogge klar zum Auslaufen zu machen.

„Tadessi will türmen“, sagte Kim. „In den Kisten ist das Geld der Kreuzritter, wetten?“

Niemand widersprach. Doch Julian gab zu bedenken: „Wir brauchen einen Beweis. Die Säcke reichen wohl kaum …“

„Wir müssen herausfinden, was in diesen Kisten ist. Und dafür müssen wir an Bord“, stellte Leon fest. „Das sollte nicht so schwierig sein. Immerhin gehören wir sozusagen zum Personal. Wir müssen nur aufpassen, dass uns Tadessi nicht sieht!“

Doch Tadessi war gerade damit beschäftigt, auf den Vorarbeiter einzureden. Die beiden Männer zogen sich in den ersten Stock zurück. Und so störte sich niemand an den kleinen Helfern, die sich wieder unter die Arbeiter mischten. Ungehindert konnten die Freunde die Kogge betreten. Dort gab es regelrechte Staus an den Leitern. Derbe Flüche wurden laut.

Julian, Kim und Leon wurden an die hölzerne Reling gedrängt und sahen sich unschlüssig um. Gerade kamen zwei Männer an ihnen vorbei, die eine der verdächtigen Kisten trugen. Kim, Leon, Julian und Kija ließen die Arbeiter nicht aus den Augen. Die beiden blieben auf dem Oberdeck und wuchteten ihre Last zum *Achternkastell* am Heck der Kogge, das mit einer kleinen Kajüte ausgestattet war.

Die Freunde warteten, bis die Arbeiter wieder aus der Kajüte kamen und von Bord verschwanden.

Leon überlegte. Sie mussten in die Kajüte – nur wie? Da fiel sein Blick auf eine sperrige Kiste, die gleich neben ihnen an Deck stand. Schnell warf Leon einen Blick hinein: Taue und etwas Werkzeug. Leon hatte eine Idee. Wenn sie nun mit dieser Kiste ... Er weihte seine Freunde in den Plan ein.

Eine Minute später schleppten sie die Kiste zum Achternkastell. Vorn gingen Kim und Julian, hinten Leon. Sie sahen genauso aus wie alle anderen Arbeiter und fielen deshalb nicht auf. Vor der Kajüte setzten die Freunde ihre Last ab und schauten sich um. Niemand schenkte ihnen Beachtung.

„Los!", zischte Leon und drückte auch schon die Tür zur Kajüte auf. Mit klopfenden Herzen betraten sie den Raum. Als Erstes sahen sie einen Tisch mit verschiedenen Karten, Zirkeln und Schreibzeug. Aber da, an der gegenüberliegenden Wand, standen drei der verdächtigen Kisten! Die Freunde untersuchten sie.

„Mist, die sind abgeschlossen." Leon ärgerte sich – das hätten sie sich eigentlich denken können!

„Wir müssen sie aufbrechen", schlug Kim vor.

Hektisch schaute sich Leon um. „Ja, aber womit?"

„Wir gehen besser", sagte Julian. „Jeden Moment kann jemand hier aufkreuzen!"

„Nein", widersprach Leon. „Jetzt sind wir fast am Ziel."

Kija miaute warnend. Sofort waren alle Blicke auf das Tier gerichtet. Schritte dröhnten an Deck. Kam da jemand zur Kajüte? Die Freunde wagten nicht mehr zu atmen. Die Schritte wurden lauter, die Kinder hasteten

zurück zur Tür und drückten sich flach an die Wand. Jetzt wurde die Tür aufgerissen und flog Kim fast gegen die Nase. Ein Mann erschien – Tadessi! Ohne die Freunde zu bemerken, ging er zum Schreibtisch, blieb kurz stehen und murmelte ärgerlich etwas vor sich hin. Dann griff er in die Tasche, holte einen Schlüsselbund hervor und öffnete das Schloss an einer der Truhen. Er stemmte den Deckel nach oben und die Freunde hielten den Atem an: Die Truhe war bis zum Rand mit Silbermünzen gefüllt.

Tadessi ließ die Münzen durch seine Hände rieseln. Er grunzte zufrieden. Leon nickte seinen Freunden zu. Jetzt mussten sie fliehen! Sie rannten los, hatten aber Tadessis Reaktionsvermögen unterschätzt. Der Gewürzhändler fuhr herum und war mit einem Satz an der Tür, durch die Leon, Kim und Kija bereits geschlüpft waren. Doch Julian war einen Tick zu langsam gewesen. Tadessi hatte ihn gepackt und riss ihn in die Kajüte zurück. Julian schrie auf, und Leon und Kim machten kehrt.

„Bleibt, wo ihr seid!“, zischte Tadessi. Mit der einen Hand hielt er Julian fest, in der anderen lag ein vergoldeter Dolch.

Eine böse Überraschung

„Tür zu!“, bellte Tadessi.

Widerstrebend gehorchte Kim.

„Ihr schon wieder!“, stieß Tadessi hervor. „Wie könnt ihr es wagen, hier einzudringen?“ Seine Augen funkelten böse.

„Du hast das Geld der Kreuzritter gestohlen!“, rief Kim. „Und wir haben dich überführt. Dein Spiel ist aus. Lass sofort unseren Freund frei!“

Tadessi lachte auf. „Das könnte euch so passen! *Euer* Spiel ist aus, nicht meins. Denn ihr seid in meiner Hand. Gleich werde ich euch als Diebe verhaften lassen und dann landet ihr im Kerker des Dogen, während ich davonsegeln werde. Mit dem schönen Schatz werde ich in *Akkon* ein neues Leben anfangen!“ Wieder lachte er. „Aber meine liebe Frau Rosa werde ich hierlassen. Sie hat mir immer vorgeworfen, ein schlechter Geschäftsmann zu sein und das Vermögen, das ich von meinem Vater geerbt habe, zu verprassen. Aber jetzt, jetzt bin ich am Ziel. Dieses eine Mal bin ich der Sieger, ich bin reich, unendlich reich. Und ihr glaubt doch nicht im Ernst, dass ich mich von drei Kindern und einer Katze aufhalten lasse!“

Kija machte einen Buckel und fauchte, während Kim in Julians Augen sah. Er hatte Angst. Sie mussten etwas unternehmen. Aber was? Ihr schien es am klügsten, wenn sie erst einmal Zeit gewinnen würden. Vielleicht kam noch jemand in die Kajüte und dann geriet Tadessi womöglich in Erklärungsnot.

„Der Überfall auf St. Pol diente wohl nur dazu, an die Kleidung der Kreuzritter zu kommen, oder?“, fragte sie.

„Gut erkannt“, erwiderte Tadessi listig. „Meine Männer lockten St. Pol und dessen Ritter in ein verfallenes Haus, schlugen sie nieder, raubten ihre Kleidung und konnten sich so ungehindert den Wachen vor dem Palazzo nähern, in dem das viele Geld der Kreuzritter auf mich wartete. Das Schöne an meinem Plan war, dass natürlich alle den armen St. Pol für den Dieb hielten.“

„Wirklich großartig“, sagte Kim mit feinem Hohn in der Stimme.

Tadessi überhörte das. Er schien sich in der Rolle des genialen Verbrechers zu gefallen. „Sicherlich hätten wir St. Pol und die anderen umbringen können, aber ich bin nun mal Geschäftsmann: Ich wollte ein kleines Lösegeld für die Herren erwirtschaften. Also ließ ich sie am Leben und versteckte sie bei einem meiner Männer. Dummerweise kamt ihr mir dazwischen.“ Tadessi lächelte schief. „Aber nun habe ich doch gewonnen – und ihr habt verloren.“

Kim warf Leon einen verzweifelten Blick zu. Doch Leon zuckte nur mit den Schultern. Auch er wusste keinen Ausweg …

Zeit gewinnen, du musst Zeit gewinnen!, dachte Kim verzweifelt.

„Noch eine Frage: Welche Rolle spielte eigentlich di Vecchio in diesem Spiel?“, wollte sie wissen.

Tadessi winkte ab. „Di Vecchio ist ein armes Würstchen. Hält sich für einen besonders klugen Ermittler. Oft hat er sich als Bettler verkleidet und ist durch die Armenviertel gepilgert, um sich Informationen zu verschaffen. Wie lächerlich!“

Kim nickte. Das hatten sie ohnehin vermutet. Und jetzt war endgültig klar, warum di Vecchio sie mit dem Dolch bedroht hatte. Er hatte Angst gehabt, von den Freunden enttarnt zu werden. Kim wollte allerdings noch einen weiteren Punkt klären. „Wahrscheinlich hast *du* den Verdacht auf die Straßenkinder gelenkt“, sagte sie kühl. „Die haben doch überhaupt nichts mit der Sache zu tun, nicht wahr?“

„Stimmt, das haben sie nicht“, erwiderte Tadessi.

„Ich hatte Sorge, dass man St. Pol den Raub nicht allein zutraut. Immerhin ist er fremd in Venedig. Es schien mir angebracht, ihm ein paar Komplizen zur Seite zu stellen, die sich bestens in der Stadt auskennen. Und das tun diese verwahrlosten Kinder zweifellos. Ich ließ ein Säckchen mit Silbermark in ihrem Versteck deponieren und schickte ihnen die Stadtwachen auf den Hals. So einfach war das."

„Wie kann man nur so hinterhältig sein", stieß Kim angewidert hervor.

Tadessis Augen flackerten. „Du vergreifst dich im Ton, Kleine. Aber dich und deine schlauen Freunde werde ich verstummen lassen!" Dann brüllte er laut zwei Namen.

Sekunden später ging die Tür erneut auf und zwei kräftige Matrosen erschienen.

„Diese drei Kinder wollten mich bestehlen", sagte Tadessi. „Fesselt und knebelt sie und bringt sie zum Kerker!"

Die Männer packen die Freunde, die heftig um sich schlugen und traten. Doch die Matrosen waren zu stark. Sie legten ihnen grobe Stricke um die Hände und steckten ihnen Tücher in die Münder, die sie hinter ihren Köpfen verknoteten. Die Versuche, Kija einzufangen, schlugen jedoch fehl. Geschickt glitt die Katze aus der Kajüte.

„Auf Nimmerwiedersehen", sagte Tadessi kalt lächelnd, als die Kinder abgeführt wurden.

Mit gesenkten Köpfen gingen Kim, Julian und Leon von Bord, hinter sich die Matrosen, die sie vor sich hertrieben wie Vieh. Die Arbeiter, die nach wie vor zwischen Kogge und Lager hin- und herliefen, beachteten die kleine Karawane nicht weiter.

Doch nicht allen war das Drama gleichgültig. Leon sah, dass Ela, Matteo und die anderen Straßenkinder genau verfolgten, was mit ihnen geschah. Und zu seiner Freude sah Leon auch, dass die Straßenkinder ihre Arbeit einfach liegen ließen und ihnen unauffällig folgten. Jetzt fasste er wieder etwas Mut. Mit seinen gefesselten Händen stupste Leon Kim und Julian an und deutete in die Richtung von Ela. Julian und Kim nickten, sie hatten verstanden. Und zum Glück erblickten sie noch eine Bekannte: Auch Kija war in ihrer Nähe geblieben!

Jetzt löste sich Ela von den anderen und verschwand in der Menge. Hatte sie etwa Verdacht geschöpft und ahnte, dass Tadessi der Dieb war? Und rannte sie jetzt womöglich zum Dogen Dandolo, um ihn zu alarmieren?

Kurz darauf betraten sie den malerischen Markusplatz. Die Matrosen führten sie zu einem Nebeneingang des Palastes in der Nähe der Ställe. In diesem Moment erschien Luca und stoppte sie.

„Die Kinder sollen sofort zum Dogen“, sagte Luca schroff.

Julian, Leon und Kim tauschten erleichterte Blicke aus: Jetzt würde doch noch alles gut gehen! Leon vermutete, dass Ela Alarm geschlagen hatte.

„Wer sagt das?“, fragte einer der Matrosen.

„Der Doge höchstpersönlich, du Schaf“, gab Luca von oben herab zurück. Er genoss es offensichtlich, etwas zu sagen zu haben.

Der Matrose spuckte aus. „Na, wenn das so ist …“

„Auf geht’s“, sagte Luca zu den Kindern und schob sie durch die Arkaden. Kija folgte ihnen. Sie überquerten den Innenhof, liefen die Treppen hinauf und gelangten ins Arbeitszimmer des Dogen.

„Nimm ihnen die Knebel ab. Dann warte draußen“, herrschte der Doge Luca an.

„Ihr scheint meinen Weg öfter zu kreuzen, als es gut für euch ist“, sagte der Doge gefährlich leise, als Luca verschwunden war.

Julian räusperte sich. Sein Mund war trocken. „Bitte, hört uns an, wir haben eine Entdeckung gemacht, die ungeheuer wichtig ist.“

„So?“ Der Doge richtete seinen milchigen Blick auf Julian. „Willst du damit sagen, dass du Straßenjunge etwas erfahren hast, was ich, der Doge, nicht längst schon weiß?“

Julian wurde unter den starren Augen des mächtigen Mannes immer kleiner. Der Doge machte ihm Angst.

„Ja, das will ich", entgegnete er kühn, auch wenn seine Stimme ein klein wenig zitterte. „Denn wir wissen, wer das Geld der Kreuzritter geraubt hat."

Ein Lächeln erschien auf Dandolos schmallippigem Mund. „Da bin ich aber mal gespannt. Erzähle."

Und so berichteten die Kinder ausführlich von ihren Ermittlungen. Kija strich ihnen dabei unaufhörlich um die Beine. Die Katze wirkte nervös.

Auch Kim wurde allmählich unruhig, was am Verhalten des Dogen lag. Ihre Ausführungen schienen ihn nicht besonders zu beeindrucken. Jedenfalls blieb seine Miene fast ausdruckslos.

„Der Herr hat euch mit einem scharfen Verstand gesegnet", urteilte Dandolo, als die Freunde verstummt waren. „Und sicher erwartet ihr jetzt, dass ich handle." Er schwieg eine kleine Ewigkeit, bevor er fortfuhr: „Aber das habe ich bereits. Tadessi wird die Stadt verlassen – mit dem Geld. Luca überbrachte ihm vorhin eine entsprechende Botschaft."

„Wie bitte?", entfuhr es den Freunden.

„Certo", sagte der Doge ungerührt. „Natürlich hat Tadessi mir vorher einen Teil des Geldes gegeben. Ich hatte immerhin ziemliche Aufwendungen, versteht ihr?"

„Aber, aber das ist …“, stammelte Julian fassungslos.

„Das ist Politik“, brachte Dandolo den Satz zu Ende. „Und ein ziemlich kluger Schachzug. Für mich sind Kreuzritter ohne Geld viel wertvoller als Kreuzritter mit Geld. Wir Venezianer haben Geld und Schiffe, aber nur eine kleine Armee. Bei den Kreuzrittern verhält es sich genau umgekehrt. Also machen wir ein hübsches Geschäft: Wir stellen den armen Kreuzrittern die Schiffe kostenlos zur Verfügung, weil sie unsere Feinde in Zara und Konstantinopel besiegen werden. Ihr seht: Ich habe kein Interesse daran, dass das Geld wieder auftaucht. Denn dann bezahlen die Kreuzritter die Schiffe und segeln direkt ins Heilige Land.“

Kim wurde schwindelig. Der Doge war ihre letzte Chance gewesen. Und jetzt war er ein Komplize von Tadessi. Das durfte alles nicht wahr sein! Es kam ihr vor wie ein Albtraum. „Aber warum habt ihr uns dann hierherbringen lassen?“, fragte sie verzweifelt.

Der Doge legte den Kopf schief. „Ganz einfach, ich wollte wissen, was ihr alles in Erfahrung gebracht habt“, erwiderte er. „Und freundlicherweise habt ihr alles ausgeplaudert. Das reicht, um euch für den Rest eures Lebens einkerkern zu lassen. Ihr versteht, dass ich euch nicht mehr ans Tageslicht lassen kann.“ Dann klatschte er in die Hände und brüllte Lucas Namen.

„Wirf die Kinder in den Kerker. Falls sie unterwegs den Mund aufmachen, dann kneble sie wieder!“, befahl der Doge.

„Sehr wohl“, antwortete Luca eifrig. Wieder wehrten sich die Freunde mit aller Kraft. Doch Luca rief Verstärkung heran. Mithilfe der Wachen gelang es ihm, den Kindern Fußfesseln anzulegen, die ihnen nur kleine Schritte ermöglichten. Dann trieb Luca die Kinder und die Katze aus den Gemächern des Herrschers von Venedig.

„Den Rest schaffe ich schon allein“, sagte Luca zu den Wachen.

Wie in Trance ließen sich die Freunde von Luca abführen. Als sie die breite Treppe betraten, die zum Innenhof hinabführte, spürten sie die warme Sonne auf ihrer Haut. Ein paar Tauben stiegen auf. Alles wirkte ruhig und friedlich.

Luca führte sie aus der Palastanlage. Wegen der Fußfesseln kamen sie nur langsam voran. Im Gänsemarsch liefen sie an der Längsseite des Palastes entlang und erhaschten noch einmal einen Blick auf die malerische Lagune und die große Säule mit dem geflügelten Löwen, durch die sie nach Venedig gekommen waren. Julian schniefte leise.

Ein leiser Pfiff ließ ihn, Kim und Leon aufsehen. Ihr Puls beschleunigte sich: Da waren Ela, Matteo, Enzo,

Mario und Guiseppe! Wie kleine Schatten waren sie herbeigehuscht und pirschten sich an den Tross heran. Nun überholten sie die Freunde und verschwanden hinter einem langen Karren. Julians Herz pochte wie wild. Was hatten die Straßenkinder vor?

Als die Freunde auf der Höhe des Karrens waren, brachen die Straßenkinder urplötzlich dahinter hervor und griffen an! Ela sprang auf Luca zu und fasste nach seinem Geldbeutel. Luca brüllte etwas Unflätiges und schlug nach dem Mädchen, das er aber weit verfehlte. Er

erhielt von Matteo einen harten Stoß von hinten, verlor das Gleichgewicht und purzelte auf das Kopfsteinpflaster. Kija sprang Luca an und verpasste ihm einen Kratzer auf dem Oberarm. Ein Dolch blitzte in Matteos Hand auf. Mit einem Satz war er bei Kim und durchtrennte ihre Fesseln. Dann waren Leon und Julian an der Reihe. Das alles war eine Sache von Sekunden. Die wenigen Passanten, die in der Nähe waren, standen mit offenen Mündern da und glotzten nur.

„Lauft!“, herrschte Matteo die Freunde an.

Doch schon hatte sich Luca wieder aufgerappelt. „Aiuto!“, schrie er. „Die Kinder dürfen auf keinen Fall entkommen!“

Und jetzt kam Bewegung in die Passanten. Sie stürmten den Fliehenden hinterher.

„Zur Säule mit dem Löwen!“, rief Leon. Gehetzt warf er einen Blick über die Schulter. Die Straßenkinder hatten sich getrennt und stoben in alle Richtungen davon – eine bewährte Methode, den Jägern zu entgehen. Mit hochrotem Kopf rannte Luca hinter Julian, Kim, Leon und Kija her. Im Schlepptau hatte er zwei kräftig wirkende Handwerker und, wie Julian mit Schrecken sah, inzwischen auch mehrere Stadtwachen.

„Schneller!“, feuerte Leon seine Freunde an, während er sich erneut umschaute. Die Verfolger kamen näher, immer näher! Blitzartig wurde Leon klar, dass man sie einholen würde, wenn … ja, wenn … Sein Blick fiel auf den Handkarren eines Obsthändlers, in dem sich dicke, rote Äpfel türmten. Mit einem Satz war Leon bei dem Karren, und bevor der Händler reagieren konnte, hatte Leon ihn umgestoßen. Die süße Fracht kullerte genau vor die Füße von Luca und den Wachen, die prompt stürzten.

Julian erreichte mit Kija als Erster die stattliche, rötliche Säule. Dann kamen auch Leon und Kim dort an.

„Wir kriegen euch, bei Gott, wir kriegen euch!“, schnaubte Luca, der sich mühsam wieder aufgerichtet hatte.

Zitternd berührten die Kinder die Säule aus Granit. Sie schlossen die Augen und beteten insgeheim, dass es funktionierte. Und wieder geschah das Wunder: Ihre Hände griffen ins Nichts, durchdrangen den harten Stein als wäre er Luft. Mit klopfenden Herzen traten die Freunde die Heimreise an. Um sie herum wurde es dunkel und sie stürzten in einen lichtlosen Raum ohne Beginn und Ende.

Das beste Eis der Welt

Kija hatte die Augen halb geschlossen und genoss Kims Streicheleinheiten. Die Katze lag mitten auf dem Handtuch, das das Mädchen auf der Liegewiese des Freibades von Siebenthann ausgebreitet hatte.

„Kurz nach unserer Flucht sind die Kreuzritter aufgebrochen – oder, Julian?“, sagte Kim.

„Ja“, bestätigte Julian. „Erst nach Zara, später nach Konstantinopel. Aber nach Jerusalem sind die Ritter nie gekommen. Der Vierte Kreuzzug war wirklich eine einzige Katastrophe.“

„Was für ein Irrsinn.“ Kim schüttelte den Kopf. Dann kraulte sie die Katze gedankenverloren im Nacken. „Ob Tadessi mit dem ganzen Geld glücklich geworden ist?“

„Das weiß niemand“, antwortete Julian. „Ehrlich gesagt finde ich ja das Verhalten des Dogen am allerschlimmsten.“

Kim nickte. „Ich hoffe nur, dass Ela, Matteo und den anderen aus der Bande nichts passiert ist.“

„Ach, die sind so clever. Um die müssen wir uns sicher keine Sorgen machen“, sagte Leon.

„Dennoch“, Kim seufzte, „ich hätte mich gern richtig von ihnen verabschiedet. Aber das ging ja nun leider nicht. Unser Aufbruch war etwas, sagen wir mal, überhastet.“ Ein breites Grinsen überzog ihr Gesicht. „Deine Idee mit den Äpfeln war wirklich erste Sahne.“

„Sahne? Da fällt mir etwas anderes ein“, entgegnete Leon.

„Auf zum besten Eis der Welt“, erwiderten Kim und Julian wie aus einem Mund.

„Genau! Wo könnte man das Ende eines venezianischen Abenteuers besser feiern als im Eiscafé Venezia?“ Leon grinste.

„Noch eine richtig gute Idee von dir“, sagte Julian, während er begann, seine Sachen zusammenzupacken. „Worauf warten wir noch?“

Der Vierte Kreuzzug

Eine Tragödie, eine Katastrophe, ein mörderisches Unterfangen, das nur der Befriedigung von Geldgier diente – der Vierte Kreuzzug hat viele Bezeichnungen erhalten. Gleichwie, dieser Kreuzzug ist als ein besonders negatives Beispiel für christliche Machtansprüche in die Geschichte eingegangen.

Der Reihe nach: Im August 1198 rief der damalige Papst Innozenz III. zum Vierten Kreuzzug auf. Ziel war es auch diesmal, Jerusalem von den Moslems zurückzuerobern. In den kommenden Jahren wurde das Heer nach und nach zusammengestellt. Unter den Kreuzrittern waren viele Adlige, darunter Hugo St. Pol und Bonifatius von Montferrat, der zum Anführer gewählt wurde.

Von vornherein war man sich einig, den Seeweg ins Heilige Land zu nehmen. Die Wahl fiel nach langwierigen Verhandlungen schließlich auf die Hafenstadt Venedig als Ausgangspunkt der Seereise. Der greise Doge Enrico Dandolo (er war bereits 90 Jahre alt und blind) handelte 85.000 Silbermark als Bezahlung für 200 Schiffe aus, die die Kreuzritter befördern sollten. Am 29. Juni 1202 hätte die Flotte in See stechen sollen. Doch dazu kam es nicht. Die Kreuzritter konnten nur etwa die Hälfte des vereinbarten Betrags bezahlen. Bis heute ist nicht genau geklärt, was den finanziellen Engpass auslöste.

Dandolo machte den Rittern schließlich ein ungewöhnliches Angebot: Wenn die Kreuzritter die Stadt Zara – die Handelsstadt machte Venedig starke Konkurrenz beim Handel mit östlichen und südlichen Ländern – zerstörten, würde er den Rittern die Schiffe kostenlos zur Verfügung stellen. Die Kreuzritter willigten ein und machten damit aus dem religiösen Feldzug einen Wirtschaftskrieg im Sinne Venedigs. Papst Innozenz protestierte heftig, denn schließlich richtete sich der Angriff der christlichen Ritter gegen eine christliche Stadt.

Nach zweiwöchiger Belagerung nahmen die Kreuzritter Zara im November 1202 ein. Die Beute wurde mit den enormen Schulden der Kreuzfahrer verrechnet. Der Papst schloss alle Ritter, die sich an der Eroberung beteiligt hatten, aus der Kirche aus.

Scheinbar waren damit die letzten Hemmungen der Kreuzritter beseitigt – denn es kam noch schlimmer. Dandolo überredete die Ritter zu einem weiteren

Angriff, und wiederum war eine christliche Stadt das Ziel der Attacke: die blühende Handelsstadt Konstantinopel.

Hintergrund: Konstantinopel wurde von Kaiser Isaak II. Angelos und dessen Sohn Alexios III. regiert. Beide waren Venedigs Feinde. Kaiser Isaaks zweiter Sohn Alexios IV. jedoch war ein Freund der Venezianer. Deshalb hatte sein Vater ihn verstoßen. Alexios IV. war nach Italien geflohen und brannte darauf, Vater und Bruder vom Thron zu stürzen. Diese Rachepläne nutzte Dandolo aus. Seine Überlegung: Wenn Alexios IV. erst einmal der Herrscher von Konstantinopel war, konnte er den jungen Mann kontrollieren. Außerdem hoffte Dandolo auf Beute, wenn Konstantinopel angegriffen würde.

Alexios IV. versprach den Kreuzrittern 200.000 Silbermark, die Versorgung des Kreuzfahrerheers für ein Jahr sowie eine Armee von 10.000 Mann als Unterstützung bei der Rückeroberung Jerusalems – wenn sie Konstantinopel eroberten. Montferrat und St. Pol waren einverstanden.

Am 12. April 1204 wurde Konstantinopel gestürmt. Die Kreuzritter ermordeten die Bevölkerung und raubten alle Schätze. Die meisten Wertgegenstände gelangten nach Venedig. Konstantinopel, einst die reichste Stadt der christlichen Welt, konnte sich von dem Überfall nie mehr richtig erholen und fiel im Jahr 1453 an die *Osmanen*.

Alexios IV. konnte seine Versprechungen gegenüber den Kreuzrittern nicht einhalten und das Heer löste sich auf, ohne jemals ins Heilige Land vorgerückt zu sein.

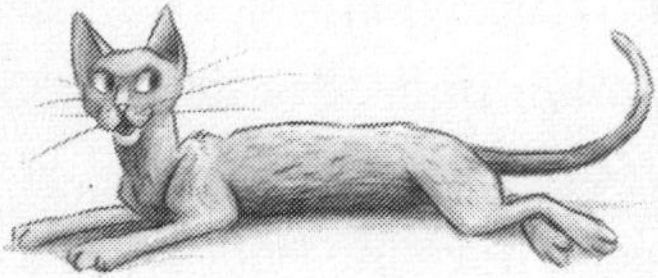

Glossar

Achternkastell Aufbau am Heck eines Schiffes. Hier stand der Kapitän und/oder der Steuermann.

Aiuto! (ital.) Hilfe!

Akkon im Mittelalter eine bedeutende Handelsstadt, das heutige Akka in Israel

Arkade Gewölbebogen auf zwei Säulen. Arkaden: Bogenreihe, offener Bogengang

Avvogaria Rechtsabteilung im mittelalterlichen Venedig. Hier wurden Gesetze und Verträge geprüft.

Barbier Friseur im Mittelalter

Basilica di San Marco Markuskirche, zwischen 1063 und 1094 erbaut, errichtet für die *Reliquie* des Evangelisten Markus

Beinling eine Art Strumpf im Mittelalter, den man am gesamten Bein herauf- und herabrollen konnte

Bene (ital.) gut

Brokat schwerer, mit Gold- oder Silberstreifen durchsetzter Seidenstoff

Buona sera! (ital.) Guten Abend!

Buon giorno! (ital.) Guten Morgen!

Busolai s-förmige, süße Plätzchen mit Anisgeschmack

Canal Grande größter und wichtigster Kanal in Venedig

Campanile (ital.) frei stehender Glockenturm

Campo (ital.) Platz

Certo! (ital.) Selbstverständlich!

Corno Kappe des Dogen, meist aus Brokat gefertigt und mit Edelsteinen verziert. Der Corno war eine Art Krone des Dogen.

D'accordo! (ital.) Einverstanden!

Doge von lateinisch dux = Führer. Venezianisches Staatsoberhaupt. Der Doge stammte aus einer angesehenen Familie, musste alt sein (oft über 70 Jahre) und wurde vom Großen Rat (Maggiore Consiglio) auf Lebenszeit gewählt.

Galeere Kriegsschiff mit 25 bis 50 Ruderbänken. Galeeren wurden oft von Sklaven gerudert.

Kapitell verziertes Kopfstück einer Säule

Kogge hochseetüchtiges, sehr stabiles, mittelalterliches Handelsschiff mit einem Mast. Länge: 20 bis 30 Meter. Breite: 5 bis 8 Meter. Je nach Größe konnte eine Kogge zwischen 80 und 200 Tonnen an Ladung aufnehmen.

Konstantinopel das heutige Istanbul, benannt nach Konstantin dem Großen

Kreuzritter Teilnehmer an einem Kreuzzug. Die Kreuzzüge der christlichen Völker waren religiös und wirtschaftlich motivierte Kriege, die das Ziel hatten, Jerusalem von den „Ungläubigen“ (den Moslems) zu erobern.

Levante (ital.) Sonnenaufgang. Damit meinen die Italiener das Morgenland, also die Länder des östlichen und südlichen Mittelmeeres wie die Türkei, den Libanon, Israel oder Ägypten.

Maggiore Consiglio im Mittelalter der Große Rat von Venedig. Der Rat wählte den Dogen und musste allen wichtigen Gesetzen zustimmen. Der Große Rat bestand aus 1.000 Adligen.

Maledizione! (ital.) Verdammt!

Markusplatz siehe *Piazza San Marco*

Maßwerk durchbrochene Verzierungen aus Stein an Bauwerken

No (ital.) nein

Osmanen/Osmanisches Reich Die Osmanen waren zwischen 1299 und 1923 die entscheidende Macht in Kleinasien und auf dem Balkan. Nachfolgerstaat ist die Türkei.

Palazzo Palast (Mehrzahl: Palazzi), herrschaftliches Haus in Venedig

Palazzo Ducale der Dogenpalast in Venedig, Residenz des Dogen, außerdem Sitz der Stadtregierung.

Dort gab es auch Gerichtssäle, Waffenlager und Gefängniszellen. Er wurde im 9. Jahrhundert errichtet, brannte mehrfach ab und wurde im 15. Jahrhundert in seiner jetzigen Form wieder aufgebaut.

Palina Pfahl in den Kanälen von Venedig, an dem Boote vertäut werden können

Patrizier/in Angehörige(r) des Adels oder Bürgertums

Pergament mittelalterlicher Vorläufer des heutigen Papiers, hergestellt aus geschabten und geölten Tierhäuten

Piazza San Marco der Markusplatz in Venedig. Er wurde im 9. Jahrhundert angelegt und grenzt an zahlreiche Hauptsehenswürdigkeiten Venedigs (Dogenpalast, Markusdom).

Piazzetta San Marco Platz neben dem Markusplatz, direkt an der Lagune von Venedig

Polenta italienische Speise, ein Brei aus Maisgrieß

Ponte di Rialto Diese berühmte Brücke war früher aus Holz. Ihr Mittelteil ließ sich öffnen, damit Galeeren passieren konnten. 1591 wurde eine neue, 28 Meter lange Steinbrücke von Antonio da Ponte errichtet. Heute reiht sich auf der Brücke ein Souvenirladen an den anderen.

Pozzo (ital.) Brunnen

Provveditori della Milizia da Mar im mittelalterlichen Venedig eine Behörde, die sich um die Ausstattung der Galeeren mit Matrosen, Waffen und Verpflegung kümmerte

Quadriga Vierergespann; auch der von vier Pferden gezogene Rennwagen der Antike

Reliquie körperliche Überreste eines Heiligen

Rialto-Viertel Der Name Rialto leitet sich von rivo alto = das hohe Ufer ab. Das Viertel ist das älteste Handelszentrum Venedigs.

Rio (ital.) Fluss

Rio di San Maurizio Kanal in Venedig (San-Marco-Viertel)

San Giorgio Maggiore Insel gegenüber des Dogenpalastes

San-Marco-Viertel eines der sechs Stadtviertel (rund 5.500 Häuser) in Venedig, gilt als geistiger und politischer Mittelpunkt der Stadt, weil hier Regierung und Verwaltung ihren Sitz hatten. Die San-Marco-Kirche gab dem Stadtteil seinen Namen.

Sanpierota sehr stabiles, schnittiges Schiff mit einem Mast. Dieses Segelboot wurde früher in Venedig zum Fischfang benutzt und dient heute meist für Ausflüge in die Lagune.

Sarde in Saor mittelalterliches, venezianisches Gericht, bestehend aus Sardinen, Zwiebeln, Rosinen und Pinienkernen

Scala dei Giganti die „Gigantentreppe“ im Dogenpalast. Auf ihr erhielten die Dogen die Dogenkappe.

S'ciopòn flaches, wendiges Ruderboot, diente einst für die Jagd auf Enten (venezianisch S'ciopòn). Es eignet sich hervorragend, um auf flachen Gewässern zu fahren.

Signoria Politisches Gremium im mittelalterlichen Venedig. Die Signoria beriet und kontrollierte den Dogen. In der Signoria saßen die sechs Berater des Dogen und die drei obersten Richter.

Silbermark Währung im Mittelalter

Squero Werft, in der Gondeln gebaut oder/und repariert werden

Steinmetz Handwerker, der dekorative Arbeiten aus Stein herstellt (zum Beispiel an Kirchen und Palästen)

St. Markus Verfasser des Markusevangeliums (Neues Testament). Sein Symbol ist der Löwe.

Tante grazie (ital.) vielen Dank

Topo kleines Segelboot für den Fischfang

Va bene (ital.) in Ordnung

Vai al diavolo! (ital.) Geh zum Teufel!

Waffenrock langes, ärmelloses über der Rüstung getragenes Gewand aus Wolle oder Leinen

Wams im Mittelalter kurzes Obergewand bei Männern und Jungen

Zara die heutige Hafenstadt Zadar in Kroatien

Falsches Spiel
in Olympia

Inhalt

Das Duell

„Auf die Plätze, fertig, los!“ Lehrer Tebelmann klatschte in die Hände, und Leon sowie etwa zehn andere Schüler setzten sich in Bewegung. Der 1000-Meter-Lauf bei den Bundesjugendspielen stand an. Leon wollte eine Ehrenurkunde, wie immer. Dafür brauchte er eine gute Punktzahl. Und er wollte diesen Lauf gewinnen. Gegen Mark, seinen härtesten Rivalen.

„Hau rein, Leon!“, brüllten Julian und Kim, die im Gras neben der Tartanbahn hockten. Die beiden hatten ihre Läufe schon hinter sich.

Leon winkte ihnen kurz zu. Dann konzentrierte er sich wieder auf das Laufen. Gleichmäßig atmen, nicht zu schnell werden auf den ersten vierhundert Metern. Und Mark im Auge behalten, der sich gerade an dritter Stelle befand. Leon schloss zu ihm auf, ließ ihn nicht mehr aus den Augen. In einem regelmäßigen Rhythmus trafen seine Turnschuhe auf die Bahn.

Jetzt hatten die Läufer die erste Runde hinter sich gebracht. Das Feld war inzwischen weit auseinandergezogen. Leon behielt seine Position, blieb hinter Mark in Lauerstellung.

Auch nach sechshundert Metern lag Mark noch in Führung. Er hatte ein höllisches Tempo vorgelegt. Leon klebte förmlich an ihm. Sein Atem ging nun schnell, fast zu schnell. Er warf einen Blick zurück. Niemand hatte Mark und ihm folgen können. Es war ein Duell zwischen ihnen beiden.

Die letzte Kurve. Leon sah Tebelmann an der Ziellinie. Auch Kim und Julian standen dort und brüllten irgendetwas. Noch zweihundert Meter, noch einhundert.

Leon biss die Zähne zusammen. Sein Puls jagte, seine Muskeln brannten. Und vor ihm, wenn auch knapp, lief Mark scheinbar leichtfüßig und elegant. Woher hatte Mark plötzlich diese Kondition? Noch war Leon unmittelbar hinter ihm, aber er spürte, dass seine Kräfte nachließen. Er würde das Duell verlieren, wenn …

Wenn er nicht alles gab. Leon ballte die Fäuste, legte den Kopf in den Nacken und brach aus Marks Windschatten aus.

Nun war Leon auf gleicher Höhe mit seinem Konkurrenten. Kurz blickten sich die Schüler in die verschwitzten Gesichter. Marks Augen funkelten. Ärger lag in diesen Augen, aber auch eine Spur Verzweiflung. Und in diesem Moment ahnte Leon, dass er noch eine Chance auf den Sieg hatte.

Leon starrte nach vorn zum Ziel. Seine Füße trommelten über den Boden, und langsam, ganz langsam, zog er an Mark vorbei.

„Du schaffst es, du schaffst es!“, brüllten Julian und Kim.

Tebelmann, plötzlich ganz nah, die Ziellinie, der ersehnte weiße Strich! Ein Blick zur Seite, dorthin, wo Mark gerade noch gewesen war. Weg! Und mit einem Male spürte Leon die Anstrengung nicht mehr, er fühlte sich leicht wie eine Feder. Mit zwei Metern Vorsprung ging er durchs Ziel.

Tebelmann schaute auf seine Stoppuhr und klopfte Leon auf die Schulter. „Gute Zeit!“

Leon nickte nur und nahm die Glückwünsche von Kim, Julian und schließlich auch Mark entgegen.

„Nicht schlecht, aber du hast es ganz schön spannend gemacht“, sagte Kim und lachte.

„Hoffentlich reicht es für eine Ehrenurkunde“, erwiderte Leon schnaufend. Er streckte sich neben der Bahn im Gras aus und schaute in den strahlend blauen Himmel. Es war ein wunderschöner Sommertag im mittelalterlichen Städtchen Siebenthann.

„Ich freue mich schon auf die *Olympischen Spiele*“, sagte er. „Sie beginnen in einer Woche. Ich werde mir eine ganze Menge im Fernsehen anschauen. Vor allem die Läufe!“

Julian hockte sich neben ihn. „Ich auch“, sagte er. „Aber noch besser müssen die Spiele im antiken *Olympia* gewesen sein. Da wurden die Sieger mit Geld überhäuft und wie Götter verehrt.“

„Echt?“

„Ja!“, rief Julian. „Wer bei Olympia gewann, hatte ausgesorgt. Das habe ich erst gestern in unserer Bibliothek im Bartholomäuskloster gelesen. Und hart waren die Wettkämpfe! Vor allem die Wagenrennen!“

„Wagenrennen?“, fragte Leon ungläubig.

„Ja“, bestätigte Julian. „Es gab nicht nur Leichtathletik wie Laufen, Weitsprung oder Diskus, sondern auch Ringen, Boxen und eben Wagenrennen. Und die Sportler kämpften mit allen Mitteln um den Sieg. Ein zweiter oder dritter Platz war wertlos.“

Unvermittelt saß Leon kerzengerade im Gras. „Wagenrennen, grenzenloser Ruhm, erbitterte Duelle? Ich glaube, ich muss dringend nach Olympia!“

„Du meinst doch nicht etwa, dass wir unserem Zeitraum mal wieder einen kleinen Besuch abstatten sollen?“, sagte Kim mit einem vielsagenden Lächeln.

Leon nickte heftig. „Genau das!“

„Mach mal langsam“, bremste Julian ihn. „Wir müssen uns erst mal einlesen. Wir haben doch überhaupt keine Ahnung, welches Jahr sich für eine Zeitreise anbietet.“

„Richtig“, stimmte Kim ihm zu. „Außerdem habe ich heute Nachmittag noch meinen Töpferkurs. Ich habe erst ab fünf Uhr Zeit für ein kleines Abenteuer!“

Als sie sich pünktlich um fünf Uhr in der uralten Bibliothek trafen, war Kim nicht allein. Die ungewöhnlich kluge und rätselhafte Katze Kija sprang aufgeregt um ihre Beine herum. So, als wisse sie ganz genau, dass heute noch ein besonders magischer Moment bevorstand – eine Zeitreise mit Tempus.

Die Bibliothek hatte um diese Uhrzeit bereits geschlossen. Doch Julian hatte einen Schlüssel zum Reich der Bücher. Und so streiften die Freunde kurz darauf durch die langen Reihen von Bücherregalen. Nach und nach bewaffneten sie sich mit Geschichtsbüchern zum Thema Olympia und hockten sich an die Lesepulte. Die Katze sprang auf Kims Tisch und verfolgte mit großen Augen jede Bewegung des Mädchens, das mit gerunzelter Stirn über dem Text brütete.

„Olympia liegt auf der griechischen Halbinsel *Peloponnes* am Fluss *Alpheios*, etwa zwölf Kilometer vom Mittelmeer entfernt“, murmelte sie. „Die Spiele fanden alle vier Jahre zu Ehren des Gottes *Zeus* statt. Für ihn baute man einen gewaltigen Tempel. Er war 64 Meter lang, 28 Meter breit und 20 Meter hoch! Im Tempel befand sich eine Statue des Gottes, die zu den Sieben Weltwundern zählt.“ Kim betrachtete fasziniert eine

Zeichnung der riesigen Statue, die in einer eleganten Säulenhalle stand. Schließlich las sie laut weiter: „Zehntausende von Zuschauern schauten bei den Spielen zu, allerdings durften das nur Männer, unverheiratete Mädchen und Priesterinnen. Die Spiele dauerten fünf Tage. Am ersten Tag legten die *Athleten* einen feierlichen Eid ab, am zweiten traten die Jugendlichen beim Laufen, Springen und Ringen gegeneinander an. Am dritten Tag gab es Pferderennen, am vierten ein großes Fest für Zeus und am fünften Tag wurden die Sieger unter den teilnehmenden Erwachsenen in den Disziplinen Laufen, Springen, Diskus, Ringen und Boxen ermittelt. Das Ganze war eine Mischung aus Hochleistungssport und Jahrmarkt. Ein absolutes Top-Ereignis!“ Überrascht sah Kim hoch. „Und es gab noch drei andere Spielstätten außer Olympia, wo Wettkämpfe stattfanden. Hättet ihr das gewusst?“

„Nö“, gab Leon zu. „Aber auch in meinem Buch stehen diese anderen Wettkampfstätten: *Delphi*, *Isthmia* und *Nemea*.“

„Stimmt“, sagte Julian. „Und wer bei allen vier Wettkämpfen triumphierte, war steinreich und ein sogenannter *Periodonike*!“

„Ein was?“

„Pe-ri-o-do-ni-ke“, wiederholte Julian. „Ein richtiger Supermann. Wartet …“ Er beugte sich dicht über sein

Buch. „Hier ist auch der Name eines solchen Mega-Sportlers: ein Ringer namens Milon von *Kroton*. Er gilt als der größte Sportler der Antike. Milon gewann in Olympia und Delphi sechsmal, in Nemea neunmal und in Isthmia sogar zehnmal beim Ringen. Das ist doch unglaublich!"

Leon und Kim kamen zu Julian und blickten ihm über die Schulter.

„Irre!", stieß Leon hervor. „Dieser Kerl soll täglich siebzehn Pfund Fleisch und siebzehn Pfund Brot gegessen sowie zehn Liter Wein getrunken haben. Schon als Kind hat er angeblich jeden Tag ein Kalb gestemmt, um seine Muskeln zu stählen."

„Das ist doch garantiert völlig übertrieben", vermutete Julian.

„Vielleicht", entgegnete Leon mit glänzenden Augen. „Aber diesen Milon würde ich doch zu gern mal aus der Nähe sehen! Steht in dem schlauen Buch auch, wann er in Olympia gewonnen hat?"

Julian fuhr mit dem Zeigefinger die Zeilen entlang.

„Bingo", stieß er hervor. „Sein erster Triumph als Erwachsener datiert aus dem Jahr 532 vor Christus. Davor siegte er schon mal als Jugendlicher."

Leon schlug seinem Freund auf die Schulter. „Was brauchen wir noch mehr? Der richtige Ort, das richtige Jahr und der größte Sportler aller Zeiten. Das ist besser als jede Übertragung im Fernsehen. Wir können live dabei sein: in der Antike! Seid ihr bereit?"

Keine zwei Minuten später schoben Kim, Leon und Julian das Regal beiseite, hinter dem die düstere Pforte zu Tempus verborgen war. Niemand außer den Kindern kannte diesen geheimnisvollen Raum. Julian hatte schon die Hand an der Türklinke, als er sich zu seinen Freunden umdrehte.

„Was ist?", fragte Kim ungeduldig. „Das wird nur ein kleiner, höchst sportlicher Ausflug, keine Bange!"

Julian sah zu Boden. „Weiß nicht", erwiderte er. „Ich habe ein komisches Gefühl."

Kim lachte. „Das ist die Nähe von Tempus. Der Zeitraum war uns noch nie geheuer!"

Sie drängte sich an Julian vorbei durch die mit magischen Symbolen verzierte schwarze Holztür.

Tempus empfing sie abweisend. Das bläuliche Licht, das stets dort herrschte, war diesmal sehr dunkel, fast schwarz. Der Nebel, der durch den Raum waberte, erschwerte die Orientierung zusätzlich. Kim schaute sich um. Tausende von Türen, die mit Jahreszahlen versehen waren, zogen sich an den scheinbar unendlichen Wänden von Tempus entlang, verschwanden im Nebel, tauchten urplötzlich wieder auf. Wo war die Tür mit der Jahreszahl 532 vor Christus? Kim schloss die Augen und konzentrierte sich auf ihr Gehör. Denn schon beim

Hereinkommen war ihr aufgefallen, dass es heute ruhiger in Tempus war als sonst. Normalerweise drang aus den vielen Türen eine aberwitzige Mischung aus Geräuschen. Heute war das nicht so. Und so lauschte Kim. Hinter sich spürte sie Leon, Julian und Kija, die ebenso ratlos wie sie selbst zu sein schienen. Der Boden unter ihren Füßen pulsierte im Rhythmus der Zeit wie ein gewaltiges Herz.

Und plötzlich hörten die Kinder den Jubel aus Tausenden von Kehlen. Konnte das ein Stadion sein, das Stadion von Olympia? Kim ging auf das Geräusch zu. Ihre Freunde folgten ihr. Sie liefen durch den Nebel, immer auf den Jubel zu, der stetig anschwoll. Schließlich standen sie vor der richtigen Tür! 532 vor Christus.

Kija hüpfte auf Kims linken Arm. Nun nahmen sich die Freunde an den Händen und konzentrierten sich ganz fest auf Olympia. Denn nur so konnte Tempus sie an den richtigen Ort bringen. Dann schritten die Gefährten durch die Tür und fielen ins Nichts.

Die Falle

Als Leon, noch verwirrt von der atemberaubenden Reise durch Zeit und Raum, die Augen aufschlug, starrte er in das leicht belämmerte Gesicht eines Schafs. Das Tier blökte ihn an, Leon fuhr zurück und stieß gegen Julian und Kim. Kija fauchte und das Schaf blökte noch lauter, als wolle es klarmachen, wem der Unterstand, in dem die Freunde gelandet waren, gehörte.

„Willkommen!", rief Kim lachend. „Originelle Idee von Tempus, uns in diesen Verschlag zu schicken. Den müssen wir uns für die Rückreise merken."

Die Kinder verließen den windschiefen Stall mit dem blökenden Schaf. Draußen blendete sie das Sonnenlicht. Es war bereits früher Abend, aber noch immer herrlich warm.

„Ist das schön!", stieß Julian hervor, sobald er sich an die Helligkeit gewöhnt hatte. Vor ihnen breitete sich eine sanfte Hügel- und Flusslandschaft aus. Kiefern- und Platanenwälder wechselten sich ab, vereinzelt wuchsen dort auch Zypressen, Akazien, Feigen-

und Olivenbäume. Es roch nach wildem Thymian und Oregano.

„Seht nur den Hügel dort mit dem Tempel“, rief Kim und deutete Richtung Norden. „Das ist der Zeustempel!“ Sie erinnerte sich an die Zeichnung in dem Geschichtsbuch, das sie vor ihrer Reise angeschaut hatte. „Und der Fluss ist bestimmt der Alpheios!“

„Ja, wir sind in Olympia!“ Leon freute sich. „Und wir haben die richtigen Klamotten an. Nämlich reichlich wenig bei dieser Wärme.“ Die Freunde trugen weiße *Chitons,* kurze, röhrenförmige Gewänder, die an den Schultern zusammengenäht waren. Ihre Füße steckten in einfachen Ledersandalen.

„Da vorn ist ein Weg“, sagte Julian und ging los. Kija sprang aufgeregt um seine Füße herum. Doch plötzlich blieb sie stehen, hockte sich hin und schaute mit großen Augen zu einer Gruppe von Akazien hinüber.

„Was ist?“, fragte Kim. Aber da sah sie selbst, was die Aufmerksamkeit der Katze erregt hatte. Ein Reiter und zwei Läufer näherten sich. Der Mann auf dem Pferd brüllte Kommandos.

Leon zog die Augenbrauen hoch. „Ob die für die Spiele trainieren?“

„Der Reiter wohl kaum“, gab Julian zurück.

„Vielleicht ist er ja ihr Trainer“, erwiderte Leon. „Mann, ist der eine Läufer groß.“

Jetzt hatten die Freunde den Weg erreicht, auf dem das Trio ihnen entgegenkam.

Während der Reiter über seinem Chiton ein reich verziertes *Himation* trug, waren die beiden barfüßigen Läufer nur mit Lendenschurzen bekleidet. Der eine der beiden war ein wahrer Riese mit einem breiten Kreuz, gewaltigen Muskeln und einem schwarzen Vollbart. Der andere war fast einen Kopf kleiner und nur wenig älter als die Gefährten. Sein Körper war schmal und feingliedrig, der Oberkörper eher kurz, die Beine dagegen lang und sehnig.

„Schneller, beim Zeus!“, feuerte der Reiter die beiden an. „Sonst überholt euch bei den Wettkämpfen jede Schnecke!“

Mit schweißüberströmten Gesichtern rannten die Läufer an den Freunden vorbei und nickten kurz in ihre Richtung. Diese erwiderten den angedeuteten Gruß und sahen ihnen hinterher.

„Klarer Fall, die trainieren für Olympia. Die Läufer haben trotz der Hitze ein ganz schön hohes Tempo drauf“, sagte Leon bewundernd.

Der Reiter und die Läufer hatten mittlerweile fast den Saum eines Platanenwäldchens erreicht.

„Oh nein!“, rief Julian in diesem Moment.

„Was …“, setzte Kim an, doch Julian ließ sie nicht zu Wort kommen.

„Eine Falle!“, schrie er den drei Sportlern hinterher. „Geht in Deckung, eine Falle!“

Fassungslos schauten Kim und Leon hinüber zu ihrem Freund, der seine Warnung lautstark wiederholte und auf eine der Platanen deutete. Und jetzt sahen es auch Leon und Kim: Dort lauerte ein Bogenschütze, bereit, den ersten Pfeil abzufeuern! Der Mann hatte eine Kapuze über den Kopf gezogen. Ein Hinterhalt!

Nun zügelte der Reiter sein Pferd und drehte sich zu Julian um. Dann wanderte sein Blick zu der Platane. Blitzschnell glitt der Reiter aus dem Sattel.

„Runter!“, bellte er die beiden Läufer an. Schon sprangen sie vom Weg und suchten hinter ein paar Büschen am Wegesrand Schutz.

Ein Pfeil surrte durch die Luft und verfehlte das Pferd nur knapp. Das Tier wieherte und scheute.

Tock! Der nächste Pfeil bohrte sich in den staubigen Weg. Dann schlug ein Geschoss in dem Gebüsch ein, wo die Sportler Schutz gesucht hatten. Ein Schrei ertönte.

„Du feiger Mistkerl!“, schrie Kim in Richtung des Baumes, wo der Schütze gerade erneut den Bogen spannte. Doch jetzt zielte er nicht mehr auf das Gebüsch, er zielte auf Kim und ihre Freunde!

„Weg!“, brüllte Kim und warf sich in eine Mulde. Leon, Julian und Kija folgten. Ein schrilles Pfeifen, dann sauste der Pfeil in den breiten Stamm eines Olivenbaums unmittelbar hinter ihnen. Die Gefährten trauten sich nicht, die Köpfe zu heben und drängten sich zitternd aneinander. Zwei, drei Minuten verstrichen, ohne das irgendetwas geschah.

Leon wagte es schließlich als Erster, über den Rand der Mulde zu spähen. Der Schütze war verschwunden!

„Das ist ja gerade noch mal gut gegangen“, sagte er. „Hoffentlich ist keiner der anderen ernsthaft verletzt.“

Rasch liefen die Gefährten zu ihnen.

„Beim *Ares*, wenn ich den erwische!“, knurrte der bärtige Riese, als die Freunde das Trio erreichten. „Seht nur, er hat meinen kleinen Bruder Philanor verletzt!“

Der schmale Läufer blutete aus einer Wunde am Unterarm.

„Nicht so schlimm“, sagte er. „Nur ein Kratzer, zum Glück! Habt ihr erkannt, wer der verdammte Schütze war?“

„Nein“, gaben die Freunde zu. „Er trug eine Kapuze.“

„Schade, aber jedenfalls danken wir euch, dass ihr uns gewarnt habt!“, sagte jetzt der Reiter. Er hatte ein

kantiges Gesicht, in dem die kleine, spitze Nase ein wenig verloren wirkte und ein auffallend breites, energisches Kinn. „Ich heiße übrigens Diotimos und das sind meine Söhne Milon und Philanor."

Milon? Leons Herz machte einen Sprung. „Etwa der berühmte Milon von Kroton?", fragte er.

Der Riese warf sich in die Brust. „Oh, ihr habt von mir gehört? Das freut mich."

„Ja", stimmte sein Vater zu. „Wir stammen aus Kroton und werden an den Olympischen Spielen teilnehmen. Milon ist ein hervorragender Ringer. Philanor ist ein schneller Läufer, er wird sich an den Jugendwettbewerben beteiligen. Und ich fahre Wagenrennen und trainiere die beiden. Aber nun sagt uns: Wer seid ihr überhaupt?"

Julian tischte den Sportlern ihre Standardgeschichte für diese Fälle auf. Sie hätten ihre Eltern bei einem Überfall von Räubern verloren und seien jetzt auf der Suche nach Arbeit und einer Unterkunft.

„Aber leider haben wir noch nichts gefunden", ergänzte Kim mit einem Augenaufschlag.

„Lasst sie uns mitnehmen", schlug Milon vor. „Die Kinder und ihre Katze sind unsere Glücksbringer!"

„Gute Idee", meinte Philanor. „Und nützlich machen können sie sich auch. Zum Beispiel bei deinen Pferden, Vater."

Diotimos überlegte einen Moment. Dann willigte er schließlich ein. „In Ordnung. Bei uns gibt es immer etwas zu tun. Aber jetzt müssen wir schnell zurück zum Gasthaus. Unser Arzt Telestas soll sich um Philanors Verletzung kümmern."

Auf dem Weg fragten die Gefährten, ob Diotimos und seine Söhne Feinde hätten.

„Sportliche Rivalen haben wir einige", berichtete Diotimos. „Aber ich glaube nicht, dass sie auf uns schießen würden."

„Vorsicht", widersprach Milon mit seinem dröhnenden Bass. „Diesem elenden Kleoitas traue ich alles zu."

„Wer ist das?", fragte Leon.

„Er stammt auch aus Kroton und ist ebenfalls Ringer. Bei den letzten Spielen hat er gegen mich verloren", erzählte Milon. „Er behauptet, ich hätte ihn nur mit unfairen Mitteln besiegt. Aber das ist natürlich Unsinn. Doch seitdem hasst er mich und meine Familie."

„Ja", pflichtete sein Vater ihm bei. „Kleoitas' Bruder Arrhichion fährt Rennen wie ich. Auch er zog gegen mich den Kürzeren. Ihr seht: Unsere Familien sind sich nicht besonders grün. Und bei diesen Spielen brennen Kleoitas und Arrhichion auf eine Revanche. Aber sie werden wieder keine Chance haben, beim *Herakles*!"

Leon warf seinen Freunden einen bedeutungsvollen Blick zu.

Diotimos schwärmte weiter von den sportlichen Erfolgen seiner Familie, während sie auf Olympia zuwanderten. Mehr und mehr füllte sich der Weg mit Händlern und Bauern, die neben mit Obst, Getreide und Gemüse beladenen Karren herliefen. Aber auch zwei Musiker, der eine mit einer Flöte, der andere mit einer *Kithara*, sowie zerlumpte Bettler strebten auf die heilige Stätte zu.

Leon hörte Diotimos' Berichten nur halb zu. Hinter seiner Stirn wirbelten die Gedanken. Was für ein Glück, dass sie den berühmten Milon getroffen hatten und ihn und seine Familie jetzt begleiten durften! Verstohlen musterte Leon den muskelbepackten Athleten. Milons Gegner mussten eigentlich die Flucht ergreifen, bevor der Kampf überhaupt begann. Ob dieser gewaltige Kerl wirklich so viel aß und trank, wie überliefert worden war? Es sah fast so aus.

Ebenso beeindruckt war Leon von Philanor. Der junge Athlet würde jetzt schon an Olympischen Spielen teilnehmen. Was für eine Leistung!

Hoffentlich behindert ihn seine Verletzung nicht, dachte Leon. Und damit waren seine Gedanken wieder bei der Attacke des Bogenschützen. Steckten dieser Kleoitas oder sein Bruder hinter dem Anschlag? Hatte einer von ihnen die Pfeile abgeschossen, um ihre ärgsten Widersacher auszuschalten? Offenbar waren die

Brüder auch in Olympia. Womöglich gelang es ihm und seinen Freunden, den beiden ein wenig auf den Zahn zu fühlen. Aber das konnte verdammt gefährlich werden.

„He, wir sind da!“, riss Kim ihn plötzlich aus seinen Gedanken.

Sie hatten eine stattliche Mauer erreicht. Dahinter erhob sich, von grünen Platanenwipfeln umgeben, das mit weißen Marmorplatten gedeckte Dach des Zeustempels. Hoch oben reckte eine goldene *Nike* ihre schlanke Faust in den strahlend blauen Himmel. Vor der Mauer, neben einem Olivenhain, war eine unübersichtliche Stadt aus den Zelten der Athleten und einfachen Holzbuden der Händler entstanden. Die Szene glich einem Jahrmarkt. Alles Mögliche wurde angeboten: in Salz eingelegte Sardellen, Oliven, Schafskäse, süße, knusprige Honigkuchen und gepökelte Würste. Mädchen verkauften Blumengebinde, Ketten und Armbänder. Lautstark priesen Männer Glücksbringer aus Glas, Schnitzereien aus Elfenbein sowie Kämme aus Horn an. Töpfer hatten ihre Krüge aufgestellt, Schuster lobten die Haltbarkeit ihrer Sandalen. Zwei Frauen stritten sich um einen schattigen Platz für ihre geflochtenen Körbe.

Ja, dachte Leon, wir sind da, während er die Siegesgöttin auf dem Zeustempel hoch über dem Trubel betrachtete. Wir sind in Olympia. In der Stadt der Spiele, wo es nur um den Sieg geht. Ein zweiter Platz zählte nichts, kam einer Niederlage gleich. Und um den Sieg zu erlangen, war einigen Sportlern offenbar jedes Mittel recht. Trotz der Hitze lief Leon ein kalter Schauder über den Rücken.

Ertappt

Die Gefährten wollten schon auf das Tor zur heiligen Stätte zulaufen, als Diotimos sie stoppte.

„Langsam, wir müssen ins Gasthaus!“, rief er und deutete auf ein elegantes rechteckiges Gebäude mit leuchtend roten Schindeln, das sich neben der Zeltstadt befand. „Das Haus der schönen Elipa!“

„Wer ist das?“

Über Diotimos’ Gesicht ging ein Strahlen. „Sie ist die Wirtin und die schönste Frau von Olympia.“

Vor dem Haus stand ein mächtiger Brunnen, der von einer Statue des Gottes *Poseidon* gekrönt war, aus dessen Dreizack Wasser spritzte.

„Nachher müssen wir uns aber unbedingt die heilige Stätte anschauen!“, wisperte Julian seinen Freunden zu, während sie Diotimos folgten, der sein Pferd einem Stallburschen übergab.

„Wir haben hier einen Stall für meine acht Pferde angemietet“, erläuterte Diotimos. „Außerdem eine Kammer für meinen Rennwagen.“ Er zeigte den Gefährten den Raum, der einer Garage glich. Dort stand eine schnittige, einachsige *Quadriga*, die über und über mit Götterfiguren verziert war. Zeus war ebenso zu sehen wie *Apollon* und *Hermes*. Neben dem Wagen lagen verschiedene Werkzeuge sowie Zaumzeug.

„Ich lasse in der angrenzenden Kammer Betten für euch aufstellen“, ergänzte Diotimos. „Ihr werdet euch um die Pferde kümmern. In Ordnung?“

„Klar!“, riefen die Freunde wie aus einem Mund.

Dann brachte Diotimos sie ins Gasthaus. Dort bewohnten er und seine Familie gleich mehrere geräumige Zimmer, die nebeneinander lagen.

„Diotimos muss sehr reich sein“, flüsterte Leon Kim und Julian zu. Sie erfuhren von Diotimos, dass er in Kroton ein riesiges Weingut besaß.

In einem der von Diotimos angemieteten Räume lag Philanor auf einer Pritsche. Neben ihm kniete ein Mann mit lockigen Haaren und Spitzbart. Er kümmerte sich um den verletzten Arm des Läufers. An der Wand lehnte Milon und beobachtete die Szene.

„Ich bin Telestas, der Arzt“, sagte der Mann mit den Locken, als er die Gefährten erblickte. „Ich kümmere mich um das körperliche Wohlergehen dieser Athleten und um ihre richtige Ernährung. Und ihr müsst die drei aufmerksamen Kinder sein, die uns vor Schlimmerem bewahrt haben.“

„Vergiss bitte nicht unsere Kija“, korrigierte Kim lachend und zeigte auf die Katze.

„Natürlich nicht“, erwiderte der Arzt und lächelte freundlich. Er hatte eine lange, gebogene Nase und warme, unergründlich dunkle Augen. Seine Finger, die gerade einen Verband über Philanors Wunde fixierten, waren lang und gepflegt.

„Werde ich starten können?“, fragte Philanor ihn besorgt.

„Ja, beim Zeus, das wirst du“, sagte der Arzt ruhig. „Und nicht nur das: Du wirst siegen!“

Ein unsicheres Lächeln huschte über Philanors Gesicht. Kija sprang auf die Pritsche und rollte sich auf seinem Bauch zusammen. Der junge Sportler begann, sie zu streicheln.

„Doch, glaube mir, das wirst du“, wiederholte Telestas. „Du bist der beste Läufer unter den Jugendlichen. Ich habe dich schließlich die letzten dreißig Tage beobachten können. In *Elis,* wo ihr Athleten euch auf die Wettkämpfe vorbereitet habt.“

„Und wo die *Hellanodiken* die Hälfte der Sportler nach Hause geschickt haben“, ergänzte Diotimos, der in der Tür stand.

Milon lachte dröhnend. „Oh ja, die Schiedsrichter waren diesmal ganz schön streng.“

Telestas erhob sich. „Na ja, du hattest in dieser Hinsicht nun wirklich nichts zu befürchten. Du bist schließlich auch wieder klarer Favorit auf den Sieg im Ringen."

„Wieso wurden denn so viele Sportler weggeschickt?", wollte Leon wissen.

„Weil sie zu schlecht sind", erläuterte Milon. „In Olympia sollen nur die besten Athleten an den Start. Dafür sorgen die Hellanodiken, indem sie sich die Sportler einen Monat lang genau anschauen und aussieben."

Leon nickte. Nur die Besten der Besten ...

„Ich werde jetzt zum *Buleuterion* gehen und den Anschlag melden", sagte Diotimos ernst.

„Dürfen wir mit?", preschte Julian vor.

„Höchstens bis zur Tür", sagte Diotimos.

„Auch gut", rief Julian schnell, der hoffte, die heilige Stätte betreten zu dürfen, wo auch das Buleuterion, das Rathaus, lag.

So trabten drei Freunde und eine Katze kurz darauf hinter dem reichen Weinhändler und Rennfahrer her.

Die Wache am Tor winkte den kleinen Trupp durch, und so standen die Gefährten endlich im heiligen Bezirk, der *Altis*. Beherrscht wurde das weitläufige Gelände vom gewaltigen Zeustempel.

„Wartet hier, ich bin gleich zurück", sagte Diotimos und verschwand im angrenzenden Rathaus, das u-förmig um einen großen Platz gebaut worden war.

In diesem Moment miaute Kija, die hinter den Freunden hergelaufen war. Julian wandte sich um und bemerkte aus dem Augenwinkel eine verdächtige Bewegung. Ein Bein, das gerade noch hinter einer Ecke des mächtigen Torbogens hervorgeragt hatte, wurde rasch zurückgezogen. Julian stieß einen leisen Pfiff aus und seine Freunde drehten sich ebenfalls um. Julian deutete mit dem Kinn zum Tor. Er sah genauer hin. Nein, der Wächter war es nicht gewesen. Der stand nach wie vor breitbeinig auf seinem Posten.

„Was war?", fragte Leon.

„Ich habe irgendwie den Eindruck, dass uns jemand beschattet", wisperte Julian.

Kim schluckte. „Bist du dir sicher?"

„Ja, ziemlich. Vielleicht hat derjenige es ja auch gar nicht auf uns abgesehen, sondern auf Diotimos …"

„Du meinst, dass der Bogenschütze erneut zuschlagen will?", hauchte Kim.

Julian zuckte die Achseln. „Wer weiß? Immerhin hat der Täter sein Ziel nicht erreicht."

„Wir müssen auf der Hut sein und bei der nächsten Gelegenheit diesen Kleoitas unter die Lupe nehmen", schlug Leon vor.

„Gut", sagte Julian. Sein Blick fiel auf den Zeustempel. Er war aus der Nähe betrachtet noch prächtiger. An allen vier Ecken des Daches standen goldene

Kessel. Der Giebel war mit ebenfalls vergoldeten Schilden aber vor allem mit scheinbar unzähligen Figurengruppen verziert, die Götter und Schlachtenszenen zeigten. Darunter zog sich eine breite Regenrinne mit goldenen Schmuckbändern und farbigen Löwenköpfen entlang. Die *Kapitelle,* auf denen das Dach ruhte, waren leuchtend rot. Das mittlere Drittel der Säulen hatten die Künstler blau angemalt, das untere Drittel war naturbelassen – matt schimmerte der edle Marmor. Vor dem Eingang zum Tempel stand ein uralter, heiliger Olivenbaum.

„Ich würde so gern mal in den Tempel reinschauen“, sagte Julian, der sich an dem Heiligtum nicht sattsehen konnte. „Aber die Türen sind fest verschlossen. Außerdem stehen Wachen davor.“ Er seufzte.

Die Gefährten ließen ihre Blicke über das Gelände streifen. Auf der Altis standen weitere Tempel, darunter das 50 Meter lange Heiligtum der Göttin *Hera,* dessen Dach mit gebrannten Tonziegeln gedeckt war.

Außerdem entdeckten sie hinter dem großen, leeren Festplatz einige *Schatzhäuser*: kleine, mit Säulen geschmückte Tempel, in denen besonders wertvolle Geschenke aus Zedernholz, Gold, Silber oder Elfenbein aufbewahrt wurden, die dem Gott Zeus gemacht worden waren. Und hinter den Schatzhäusern wiederum erkannten die Freunde gerade noch den obersten Rand der Tribünen des Stadions, das sich außerhalb der Mauern der heiligen Stätte befand.

Zehn Minuten später kam Diotimos wieder.

„Und?“, fragte Kim neugierig.

„Ich habe mit einem *Taxiarchen* gesprochen. Er hat den Vorfall, wie er es nennt, notiert und versprochen, nach einem verdächtigen Bogenschützen Ausschau zu halten. Ich hatte den Eindruck, dass er die Sache herunterspielen will“, knurrte Diotimos und fügte spöttisch hinzu: „Kein Wunder, ein solcher Anschlag stört das ach so friedliche Fest der Sportler.“

Missmutig stapfte der Rennfahrer durch das Tor zum Gasthaus zurück. „Lasst uns jetzt bei der schönen Elipa zu Abend essen. Das wird uns auf andere Gedanken bringen. Außerdem hat Milon bestimmt wieder Hunger. Er hat eigentlich immer Hunger.“

In der Tat: Milon hatte Hunger. Er verdrückte im geräumigen Speisesaal der Gaststätte Unmengen an Fleisch und Fisch. Staunend schauten die Freunde dem Ringer zu, wie er sich über *Maza* sowie Brot mit Ziegenkäse als Appetithäppchen, danach über gefüllte Weinblätter mit Lamm und Zwiebeln und schließlich über Tintenfischringe in Knoblauch hermachte. Die Portionen, die der Riese verdrückte, waren enorm. Schmatzend leerte Milon Teller um Teller und prahlte dabei mit seinen ruhmreichen Taten bei den Spielen.

Die Freunde hörten begeistert zu – bis auf Kija, die auf der Bank neben Kim ein Schüsselchen Fisch leerte. Doch plötzlich unterbrach die Katze das Mahl und stupste Kim an. Das Mädchen ahnte, dass Kija sie auf etwas aufmerksam machen wollte und sah sich in dem gut gefüllten Lokal um. Da fiel ihr Blick auf eine ungewöhnlich schöne Frau, die gerade den Raum betreten hatte. Augenblicklich zog sie die gesamte Aufmerksamkeit auf sich. Es war, als hätte eine Königin die Gaststätte betreten.

„Das ist sie", tuschelte Diotimos, „das ist die schöne Elipa."

Die Wirtin steuerte geradewegs auf den Tisch der Freunde zu. Sie hatte ein ovales Gesicht mit hohen Wangenknochen, mandelförmigen, klugen Augen, üppigen Lippen und einer kleinen, spitzen Nase. Elipas Haar war kunstvoll hochgesteckt und wurde von einem Netz, das mit Goldfäden durchwirkt war, in Form gehalten. Bekleidet war sie mit einem grünen Chiton aus feinster Wolle, der an den Schultern von goldenen Spangen zusammengehalten wurde.

„Es freut mich, euch zu sehen", sagte sie zu Diotimos, als sie den Tisch erreicht hatte. Ihre Stimme war kühl.

Diotimos hob seinen Weinbecher. „Und wir freuen uns, hier sein zu dürfen, beim *Dionysos*!"

Elipa bedachte jeden Einzelnen am Tisch mit einem hochmütigen Lächeln.

Kijas Körper spannte sich, als der Blick der schönen Wirtin auf sie traf wie das Licht eines Leuchtfeuers. Die Katze machte einen Buckel, wie Kim überrascht bemerkte.

„Sieger sind bei mir immer willkommen", sprach Elipa jetzt. „Olympia ist eine Stätte der Götter und des Ruhms. Und wen die Götter lieben, den lassen sie siegen. Wie dich und deinen Sohn Milon bei den letzten Spielen."

Diotimos lächelte geschmeichelt und erwiderte einige Höflichkeiten, die Kim nicht weiter beachtete. Zu sehr nahm Kija ihre Aufmerksamkeit in Anspruch. Was war nur in die Katze gefahren? Sie wirkte regelrecht ängstlich. Offenbar war die Wirtin ihr nicht geheuer. Kim strich behutsam über das samtene Fell der Katze. Kija entspannte sich jedoch erst, als Elipa zum Nachbartisch ging, um dort jemanden zu begrüßen. Kim wurde nachdenklich. Kija schien eine Gefahr zu spüren, die von der Frau ausging.

Nur – welcher Art sollte die Gefahr sein?, fragte sich Kim.

Erst kurz vor Mitternacht zogen sich Diotimos und seine Söhne in ihre Gemächer zurück. Auch die Gefährten suchten ihre Kammer auf. Während Leon, Julian und Kija bald schliefen, lag Kim wach. Ihr war es zu heiß. Sie drehte sich auf ihrer Pritsche mal auf die eine, dann auf die andere Seite, aber es nützte nichts. Der Schlaf wollte nicht kommen. Schließlich stand Kim auf und ging zum Fenster. Es war eine sternenklare Vollmondnacht. Die Luft war warm und voller würziger Gerüche. Grillen zirpten. Plötzlich wurden Kims Augen schmal: Eine Gestalt löste sich aus dem Schatten der Mauer, die die Altis umschloss. Das Gesicht war unter einer Art Kapuze verborgen.

Seltsam, dachte Kim.

Jetzt verschwand die Gestalt hinter dem großen Poseidon-Brunnen.

Kim blieb auf ihrem Posten und ließ den Brunnen nicht aus den Augen.

Die geheimnisvolle Gestalt kam hinter dem Brunnen hervor und schaute nach beiden Seiten. Dann rannte sie auf das Gasthaus zu.

Kim zog sich tiefer in das Zimmer zurück, um selbst nicht gesehen zu werden. Da stimmte doch etwas nicht! Was hatte der nächtliche Besucher vor? Und warum war er vermummt?

Vorsichtig spähte Kim wieder hinaus. Licht flutete auf den Weg vor dem Gasthaus. Eine Tür war geöffnet worden und eine Frau mit einer Öllampe erschien.

Elipa!, erkannte Kim.

Die Wirtin unterhielt sich leise mit dem späten Besucher. Kim spitzte die Ohren, konnte aber nur einige Wortfetzen verstehen. Aber ein Wort hörte sie genau heraus: Milon. Jetzt gingen Elipa und die Gestalt in die Herberge.

Was hatten die beiden um diese ungewöhnliche Zeit zu besprechen? Kims Neugier war geweckt. Und schlafen konnte sie ohnehin nicht. Also verließ sie auf Zehenspitzen die Kammer und schlich den Gang, der die Ställe mit der Herberge verband, entlang. Kurz darauf erreichte sie den Schankraum. Die Tür stand halb offen, und ein schmaler Streifen Licht fiel flackernd auf den Fußboden mit den hübschen Mosaiken.

Kim riskierte einen Blick in die Schenke. Der Unbekannte hockte an einem Tisch und drehte Kim den Rücken zu. Elipa stand vor ihm und gab ihm gerade einen Beutel.

Geld? Kim war sich nicht sicher.

Jetzt erhielt auch Elipa einen kleinen Beutel.

Die Gestalt nickte, stand auf und verließ eilig den Raum. Kurz darauf folgte auch Elipa. Dunkelheit senkte sich über den Schankraum.

Kim lehnte sich an den Türrahmen und grübelte vor sich hin. Es hatte so ausgesehen, als habe Elipa dem Besucher etwas abgekauft. Nur was? Und warum diese Heimlichtuerei? Der Anschlag auf die Sportler kam ihr

in den Sinn. Standen die beiden Vorfälle in einem Zusammenhang? Kim war völlig ratlos. Sie musste sich unbedingt mit Leon und Julian beraten, und zwar jetzt gleich. Das Mädchen drehte sich um – und starrte in die kalten Augen von Elipa, die urplötzlich hinter ihr aufgetaucht war.

Die Drohung

Kim öffnete den Mund, doch sie brachte keinen einzigen Ton heraus.

„Was hast du hier verloren, wieso schleichst du hier herum?“, zischte Elipa böse.

„Ich, ich wollte gerade …“, hob Kim an.

„Was?“ Ein Wort wie ein Peitschenschlag.

„… in meine Kammer“, stammelte Kim.

Elipas rechte Hand schloss sich um Kims Unterarm wie eine Klammer aus Stahl. „Lüg mich nicht an!“

„Ich, ich konnte nicht schlafen“, wimmerte Kim. Das war ja noch nicht einmal gelogen. „Da bin ich aufgestanden und rumgelaufen. Einfach nur so. Bitte lass mich los, du tust mir weh!“

Elipa lockerte den Griff. Sie blickte in Kims Augen, und Kim kam es so vor, als schaue die Wirtin genau in ihr Herz.

„Ich will dir glauben, dieses eine Mal noch“, sagte Elipa drohend, und Kim atmete auf.

„Aber ich warne dich“, fügte Elipa hinzu. „Ich verzeihe es nicht, wenn man mir hinterherspioniert. Dieses Haus gehört mir und es hat Augen und Ohren. Glaube mir: Du kannst nichts vor mir verbergen. Niemand kann das, beim Zeus!“

Mit diesen Worten ließ die Wirtin Kim stehen und verschwand im angrenzenden Raum.

Verängstigt rieb Kim ihren schmerzenden Unterarm. Die schöne Wirtin schien ein Geheimnis zu haben. Sie würden sich vor Elipa in Acht nehmen müssen. Dennoch galt es herauszufinden, was in den Beuteln gewesen war. Eine schwierige und gefährliche Mission, ahnte Kim.

Nach dem Frühstück, das aus Ziegenmilch, Brot, Käse und Oliven bestand, hatten die Freunde einige Arbeiten im Stall zu erledigen. „Mistet aus, gebt den Pferden zu essen und zu trinken“, lauteten Milons Anweisungen. „Ich werde mit meinem Bruder trainieren. Morgen beginnen schließlich die *Agone*. Dafür müssen wir Athleten heute noch den Eid leisten!“

Kim, Leon und Julian legten los, während Kija auf eine Fensterbank sprang und begann, ihr Fell zu lecken. Während der Arbeit unterhielten sie sich über Elipa.

„Ein wenig unheimlich war sie mir von Anfang an“, sagte Julian. „Sie wirkt so machtbesessen und kalt. Wir sollten herausfinden, was in den Beuteln war und wer auf Milon und seine Familie geschossen hat. Lasst uns versuchen, diesen Kleoitas zu finden. Im Gasthaus wohnt er nicht, das hätten wir schließlich schon mitbekommen. Also müssen er und sein Bruder irgendwo ihr Zelt aufgeschlagen haben."

„Willst du sie verhören?", fragte Leon. „Sie werden dich auslachen."

„Nein, nicht verhören. Aber ausspionieren!", entgegnete Julian. „Vielleicht gelangen wir unbemerkt in ihr Zelt und womöglich finden wir dort Pfeil und Bogen. Das wäre doch schon mal ein Indiz!"

Wenig später war die Arbeit erledigt. Von Milon war nichts zu sehen. Also durchstreiften die Gefährten die Zelt- und Budenstadt und fragten herum, wo Kleoitas und Arrhichion zu finden seien. Doch niemand konnte ihnen weiterhelfen.

„Kein Wunder", sagte Leon. „Die Athleten kommen aus allen möglichen Regionen. Vermutlich weiß niemand, wie Kleoitas oder sein Bruder überhaupt aussehen, außer Milon und seine Familie natürlich."

„Seht mal", rief Kim. Sie kniete vor der Auslage eines Töpfers und begutachtete dessen Waren. Im Gegensatz zu den vielen fliegenden Händlern hatte dieser Mann eine richtige Werkstatt in Olympia. Neben Lämpchen, Figuren und Gefäßen in allen Größen stand eine Töpferscheibe. Dahinter lag im Schatten eines Baumes der Ton. Er hatte eine glänzende, speckige Oberfläche. Aus ihrem Töpferkurs wusste Kim, dass es sich um einen fetten Ton handelte, der sich besonders gut für die Fertigung von kleinen Gefäßen eignete.

„Die ist ja schön!" Kim nahm vorsichtig ein zierliches Öllämpchen in die Hand, auf das Apollon, der Gott des Lichts, gemalt war.

„Ich mache dir einen guten Preis", sagte der Händler schnell.

„Leider habe ich keine *Drachmen*", erwiderte Kim betrübt.

Der Töpfer zuckte mit den Achseln und wandte sich einem anderen Kunden zu.

Der Tag verlief ruhig. Trotz intensiver Nachforschungen gelang es den Freunden nicht, Kleoitas und Arrhichion zu finden. So kehrten sie zur Herberge zurück und machten sich dort nützlich. Mit vereinten Kräften schmierten sie die Achse von Diotimos' Quadriga ab und fetteten das Zaumzeug.

Am Abend erklangen plötzlich Trompeten. Sofort strömten alle zur Altis.

„Kommt!", rief Leon. „Da ist irgendetwas los!"

Die Freunde ließen sich treiben und gelangten durch das Tor in die heilige Stätte und dort in den Hof des Buleuterions.

Erneut erklangen die Trompeten, und die Freunde

drängten sich nach vorn, bis sie in der ersten Reihe der Zuschauer standen. Sie blickten auf eine Zeusstatue. In jeder Hand hielt der bärtige Gott einen Blitz, bereit, diese Blitze jederzeit auf die Betrachter zu schleudern.

„Da seid ihr ja“, dröhnte eine Stimme.

Die Freunde fuhren herum und erkannten Milon, der durch die Menge gepflügt war wie ein Kriegsschiff durch aufgewühlte See. Hinter ihm waren Diotimos und Philanor.

„Was sollen denn die Blitze bedeuten?“, fragte Julian Philanor.

„Das ist *Zeus Horkios*, der jeden Meineid rächt. Wir Sportler müssen schwören, die Regeln einzuhalten. Wer dagegen verstößt, den wird Zeus Horkios mit seinen Blitzen furchtbar bestrafen!“, sagte Philanor ernst. „Aber jetzt seid lieber still. Es geht los.“

Ein Athlet nach dem anderen trat vor und legte vor dem Zeus-Standbild den olympischen Eid ab. Die Sportler schworen, die Regeln zu beachten und nicht zu betrügen. Während sie den Eid ablegten, herrschte unter den Zuschauern absolute, fast feierliche Stille.

Dann kamen die Hellanodiken in ihren purpurfarbenen Gewändern an die Reihe. Sie schworen, unparteiisch zu sein und keine Geschenke anzunehmen.

Danach wurde es spannend. Die Schiedsrichter ermittelten per Los, wer gegen wen beim Ringen, Boxen,

Pferderennen und den anderen Wettkämpfen anzutreten hatte. Sobald die Namen laut verlesen wurden, ging ein Raunen durch die Reihen. Manchmal gab es Applaus, wenn ein besonders spannender Kampf erwartet wurde.

Als Milon seinen ersten Gegner zugelost bekam, lachte er nur.

„Kennst du den Mann?“, fragte Kim, die Kija auf dem Arm hatte und hinter den Ohren kraulte, den Ringer.

„Nein!“, rief Milon und warf sich in die Brust. „Aber ich freue mich auf jeden! Ganz egal, wer kommt, ich werde ihn besiegen!“

Kim nickte. Daran hatte sie wenig Zweifel. Der Gigant aus Muskeln schien unbesiegbar zu sein.

„Das werden wir ja sehen, beim Zeus!“, erklang da eine hitzige Stimme. Ein Mann, kaum kleiner als Milon und ebenso muskulös, war herangetreten. Hinter ihm stand ein weiterer Mann, der sich hektisch umschaute, als wittere er einen Überfall. Er hatte eine gedrungene Statur und ein hohlwangiges Gesicht.

„Ach du, Kleoitas. Und deinen Bruder Arrhichion hast du gleich mitgebracht. Wie nett!“, höhnte Milon und grinste.

„Dir wird das Lachen vergehen, wenn du über den heiligen Boden Olympias kriechst wie ein elender

Wurm, geschlagen und erniedrigt von mir“, erwiderte Kleoitas. Er presste die Worte förmlich zwischen seinen Zähnen hindurch.

„Ja!“, rief jetzt Arrhichion und deutete auf Diotimos. „Und ich werde deinen Vater auf der Rennbahn vernichten. Diesmal werden die Götter auf unserer Seite sein und nicht mehr zulassen, dass ihr wieder durch Betrug gewinnt.“

Milons Gesicht verfärbte sich vor Wut. Er ballte die gewaltigen Fäuste. „Halt den Mund, du Schwätzer. Du warst schon immer ein Nichts! Ich werde dich und deinen Bruder in den Boden rammen!“ Er machte einen Schritt auf die beiden zu.

Diotimos zog Milon im letzten Moment zurück. „Lass dich nicht provozieren. Das sind diese Kerle nicht wert. Wir werden die Antwort beim Wettkampf geben.“

Mit einiger Mühe drängte Diotimos seinen Sohn von den Brüdern weg. „Lass uns was essen gehen, du hast bestimmt Hunger, Milon!“

Kleoitas und Arrhichion starrten ihnen voller Hass nach.

„Ihr seid aber wirklich erbitterte Feinde“, sagte Leon zu Philanor, während sie auf die Gaststätte zuliefen.

„Ja, allerdings.“ Der junge Läufer seufzte. „Zwischen unseren Familien herrscht eine Art Krieg, beim Ares! Aber es geht auch um sehr viel. Ein Olympiasieg macht dich unsterblich und sehr reich." Philanors Augen begannen zu glänzen. „Du bekommst fünfhundert Drachmen. Dafür muss ein Handwerker zwei Jahre lang arbeiten. Du musst nie wieder Steuern zahlen, erhältst lebenslang Essen und Trinken im Rathaus und einen Ehrenplatz im Theater. Vor allem aber bekommst du einen Zweig vom heiligen Olivenbaum und hast das Recht, dein Standbild vor dem Stadion von Olympia aufzubauen. Ein Denkmal für die Ewigkeit. Das ist wirklich das Größte!"

Leon schwieg beeindruckt. Es lohnte sich allerdings, bei Olympia zu gewinnen. Und diese Prämien waren zweifellos auch ein starkes Motiv, Gegner aus dem Weg zu räumen – mit allen Mitteln! Mehr und mehr war Leon davon überzeugt, dass Kleoitas und Arrhichion hinter dem Anschlag steckten.

Nach dem üppigen Abendessen bei der schönen Elipa zogen sich die Sportler früh in ihre Zimmer zurück. Die Freunde streunten noch ein wenig durch die Zelt- und Budenstadt, die jetzt in geheimnisvolles Fackellicht getaucht war. Überall loderten Feuer, es wurde musiziert und gelacht. Als der Vollmond hoch am Himmel stand, gingen auch die Gefährten zurück in die Herberge. Sobald sie am Zimmer von Diotimos vorbeikamen, miaute Kija laut und vernehmlich. Sie hockte sich neben die Tür, ihr Schwanz peitschte aufgeregt hin und her. Ihre kleine Nase deutete auf eine Tafel, die neben der Tür auf dem Boden lag.

Julian bückte sich und hob die Tafel hoch. Sie war etwa zwei Handbreit und dunkelrot. Mit schwarzer Farbe hatte jemand etwas draufgeschrieben.

Atemlos las Julian vor: „*Hekate*, quäle und töte die Pferde und zerschmetterte den Wagenlenker!"

„Was soll denn das bedeuten?", wunderte sich Kim.

„Fragen wir Diotimos", schlug Leon vor. „Für ihn ist die Nachricht schließlich bestimmt."

Sie weckten den Rennfahrer.

Als Diotimos die Botschaft sah, wurde er blass. „Eine *Fluchtafel*", murmelte er bestürzt. „Böse Geister werden beschworen, um meine Pferde und mich zu töten."

Angewidert schleuderte er die Tafel auf den Boden, wo sie zersprang.

„Dahinter können nur Kleoitas und sein Bruder stecken!", brüllte Diotimos. Durch den Lärm wurden Philanor und Milon alarmiert. „Sie haben Hekate, die Göttin der Dämonen, beschworen, um mir zu schaden", berichtete Diotimos empört.

Milon reagierte ebenso zornig wie sein Vater, Philanor eher verstört auf die Drohung.

„Doch wir lassen uns nicht unterkriegen", stellte Milon klar. „Das ignorieren wir einfach. Und jetzt sollten wir schlafen."

„Ja“, sagte Philanor. „Schließlich darf ich bereits morgen Mittag starten!“

Die Familie zog sich wieder zurück.

„Kommt, gehen wir auch“, sagte Leon.

„Nein“, erwiderte Kim. „Wir sollten erst einmal Spuren sichern.“ Sie begann, die Scherben aufzuklauben.

„Willst du Fingerabdrücke nehmen und sie ins Labor schicken?“, stichelte Leon.

„Sehr lustig“, gab Kim spöttisch zurück. „Aber womöglich geben diese Scherben einen Hinweis auf den Absender.“

Sie untersuchte die Tafelbruchstücke genauer. Und plötzlich huschte ein Lächeln über ihr Gesicht. Kim hatte einen Verdacht.

Philanors Lauf

„Ein magerer Ton“, murmelte Kim vor sich hin.

Leons Gesicht war ein einziges Fragezeichen. „Wie bitte? Ist der Ton auf Diät?“

Kim schaute zur Decke. „Leon, du fängst an, mir auf den Keks zu gehen“, sagte sie gedehnt. „In meinem Töpferkurs in Siebenthann haben wir gerade die verschiedenen Tonarten durchgenommen. Und dieser Ton hier ist ein sogenannter magerer Ton, der eine matte, raue Oberfläche hat. Damit kann man keine kleinen Gefäße herstellen, aber Platten … oder Fluchtafeln.“

„Das ist offensichtlich“, sagte Leon leicht eingeschnappt.

„Richtig“, stimmte Kim ihm zu, während sie die Scherben einsteckte. „Der Ton, den ich heute Nachmittag bei dem Töpfer gesehen habe, war dagegen ein fetter Ton.“

„Na und?“

„Mensch, überleg doch mal!“, rief Kim. „Vielleicht können wir von der Tonart auf den Absender schließen.

Wir müssen morgen Früh den Töpfer fragen, wo dieser Ton hier herstammen könnte!“

Leon zupfte an seinem Ohrläppchen. „Na ja, wenn das mal hinhaut“, sagte er wenig überzeugt.

„Einen Versuch ist es allemal wert“, erwiderte Kim hartnäckig. „Oder hast du eine bessere Spur, Leon?“

Und so suchten die Gefährten am nächsten Morgen, nachdem sie die Pferde versorgt hatten, gleich den Töpfer auf. Er kratzte sich ausgiebig am Hinterkopf, während er die Scherben der Fluchtafel sorgfältig begutachtete.

„Nein“, sagte er schließlich, „einen solchen Ton verwenden wir hier in Olympia und Elis nicht. Viel zu körnig. Eine mindere Qualität, damit kann man nicht viel anfangen.“

Kims Puls beschleunigte sich. Sie ahnte, dass sie auf der richtigen Spur war. „Kannst du uns sagen, wo man mit diesem Ton arbeitet?“, setzte sie nach.

Der Töpfer hob die Schultern. „Schwer zu sagen. Aber solche Waren kommen manchmal mit dem Schiff aus unseren Kolonien im Westen.“

„Im Westen?“ Kroton lag westlich von Olympia, an der Fußspitze des heutigen Italiens. „Womöglich aus Kroton?“, fragte Kim voller Spannung.

Der Töpfer nickte. „Kann sein. Aus Kroton stammen viele gute Athleten, aber weniger gute Tonwaren. Jetzt lasst mich in Ruhe, ich habe zu arbeiten. Oder wollt ihr was kaufen?“

„Nein, leider nicht“, antwortete Kim und bedankte sich für die Informationen.

„Das hat sich doch gelohnt!“, rief sie begeistert, als sie mit Julian und Leon wieder allein war. „Jetzt wissen wir, dass die Fluchtafel vielleicht in Kroton hergestellt wurde. Und aus Kroton stammen Kleoitas und sein Bruder Arrhichion!“

„Ja, das war wirklich eine gute Idee von dir, Kim“, gab Leon zu. „Doch leider ist das noch kein richtiger Beweis.“

Kim ließ sich nicht beirren. „Aber es ist ein Mosaiksteinchen. Wir kommen der Sache näher.“

„Bis Philanor heute Mittag startet, haben wir noch Zeit. Lasst uns ein wenig rumlaufen“, schlug Julian vor.

Die Freunde streunten über die Altis, umrundeten erneut den herrlichen Zeustempel und gelangten wieder zur Zelt- und Budenstadt zurück. Jetzt, wo mit den Jugendwettbewerben der erste sportliche Höhepunkt der Spiele anstand, war noch mehr los als sonst. Es schien, als liege der Ort in einem Fieber der Erwartung.

„Seht mal, da vorn ist Telestas!“, sagte Leon.

Der Arzt stand bei einem hochgewachsenen Mann mit einem düsteren, verschlossenen Gesicht.

Als Telestas die Gefährten sah, winkte er sie heran.

„Ich habe gerade ein paar Drachmen gesetzt. Auf Philanors Sieg! Denn er ist schließlich der Favorit bei seinem Lauf“, sagte er.

„Du hast gewettet?“, fragte Julian überrascht.

„Ja, bei meinem Freund Eupolos hier.“ Telestas deutete auf den Mann neben ihm.

Eupolos klopfte auf das rechteckige Holzbrett, auf das er einen Bogen *Papyrus* gespannt hatte. „Alles genau aufgeschrieben.“

„Und wie funktioniert das?“, wollte Julian wissen.

„Ganz einfach“, erklärte Eupolos und zog einen Federkiel hinter seinem Ohr hervor. Um seinen Hals baumelte ein kleines Tongefäß mit Tinte. „Du setzt bei mir einen beliebigen Betrag auf einen Sportler. Gewinnt dieser Sportler, bekommst du dein Geld zurück – und eine Summe extra.“

„Wie viel?“

„Das kommt ganz darauf an, wer siegt“, dozierte Eupolos. „Nehmen wir einmal an, dass du auf Philanor setzt, der als Favorit gilt. Siegt er tatsächlich, ist dein Gewinn nicht sehr hoch. Schließlich bist du auch kein hohes Risiko eingegangen. Setzt du aber auf einen Außenseiter und dieser triumphiert, dann ist dein Gewinn ungleich höher.“

Julian nickte. „Jetzt habe ich es begriffen. Und wenn mein Tipp falsch ist, behältst du meinen Einsatz.“

„Nun ja, ich muss ja auch von irgendetwas leben“, sagte Eupolos schnell. „Aber wenn ihr auf Philanor setzt, seid ihr bestimmt auf der sicheren Seite. So wie Telestas. Wie sieht es aus?“

„Lieber nicht“, erwiderte Julian schnell. „Wir haben auch gar keine Drachmen.“

„Ach so“, sagte Eupolos schnippisch und wandte sich sofort desinteressiert ab. „Ich gehe dann mal. Sicher gibt es noch andere, die wetten wollen … und es sich leisten können.“

„Arroganter Blödmann“, sagte Kim so leise, dass Telestas es nicht hören konnte.

Der Arzt lächelte die Freunde an. „Wollt ihr mit zum Gasthaus? Vor dem Start muss Philanor unbedingt noch etwas essen.“

In Elipas Reich herrschte dichtes Gedränge. Alle Tische waren besetzt. Bedienstete hetzten mit vollen Platten und Krügen zwischen den ungeduldigen Gästen hin und her.

Die schöne Elipa thronte in einem lindgrünen Kleid hinter dem Tresen und behielt alles im Auge. Nur hin und wieder kam Bewegung in ihre zarten, beringten Finger, wenn es galt, ihre Angestellten zu dirigieren. Aus der Küche hinter ihr drang der verführerische Geruch nach Gebratenem und scharfen Gewürzen.

Diotimos, seine Familie und sein Gefolge hatten einen

großen Tisch in Beschlag genommen. Am anderen Ende des Raumes saßen Kleoitas und sein Bruder. Die verfeindeten Familien hatten es geschafft, sich aus dem Weg zu gehen.

Julian beobachtete Kleoitas und Arrhichion. Immer wieder wanderten deren Blicke durch das Gasthaus, als suchten sie jemanden. Nun schauten sie zu Elipa hinüber.

Gab es eine Verbindung zwischen den dreien?, überlegte Julian. Und gab es einen Zusammenhang zwischen dem Anschlag des Bogenschützen, dem nächtlichen Besucher in der Schenke und der Fluchtafel?

Ein Schmatzen lenkte ihn ab. Milon machte sich gerade über eine gewaltige Portion Makrelen mit Thymian her. Philanor saß kerzengerade und sichtlich angespannt vor einer Schale mit kalter Gemüsesuppe und rührte nichts an.

„Du musst etwas essen!“, drängte sein Vater.

Auch Telestas redete auf den jungen Athleten ein. Aber Philanor brachte nichts herunter.

„Er ist nervös“, bemerkte Diotimos.

„Kein Wunder“, sagte Milon kauend. „Es ist schließlich sein erster Agon.“

„Dann trink wenigstens etwas, Philanor“, riet Telestas und winkte eine der Kellnerinnen heran. „Bring uns Wein und Wasser!“

Kurz darauf standen zwei Krüge auf dem Tisch. Telestas goss Philanor etwas ein.

„Trink, das wird dich lockerer machen“, sagte er.

Gerade, als Philanor zum Becher greifen wollte, erklang vom Weg vor der Schenke Musik.

Leon lief zum Fenster und spähte hinaus. „Trommler, Flöten- und Lautenspieler!“, rief er. „Sieht aus wie eine Prozession.“

Sofort stürmten alle zu den Fenstern des Gasthauses. Am Brunnen zogen etwa zwanzig Musiker vorbei. In ihrer Mitte schritten mit ernster Miene einige Schiedsrichter. Mädchen mit Blumen im Haar sprangen um den kleinen Zug herum, während sich am Wegesrand immer mehr Zuschauer einfanden.

„Gleich beginnt der Wettkampf!“, dröhnte Milons Stimme. „Und mein kleiner Bruder Philanor wird ihn gewinnen, beim Zeus!“ Krachend landete seine Hand auf den schmalen Schultern des Läufers.

„Komm, Junge, jetzt trink noch was!“, forderte Diotimos und bugsierte seinen Sohn zum Tisch zurück.

Folgsam trank Philanor einen großen Schluck. Doch dann setzte er den Becher angewidert ab.

„Was ist denn das für ein ekliges Zeug?“, beschwerte er sich.

Alle am Tisch lachten schallend.

„Das ist eine heimische Weinsorte“, rief Milon grinsend. „Schmeckt ein bisschen strenger als bei uns im schönen Kroton!“

Aber Philanor weigerte sich, den Rest auszutrinken.

„Egal“, sagte Diotimos barsch. „Wir müssen jetzt zum Start.“

Mit Tausenden von anderen Zuschauern schoben sich die Freunde Richtung Stadion. Dabei kamen sie an einer Terrasse vorbei, auf der viele Zeusstatuen standen.

„Was hat das zu bedeuten?“, fragte Julian den Arzt.

„Oh, das hier sind die *Zanes*“, erläuterte Telestas. „Schandsäulen. Auf jeder einzelnen steht der Name desjenigen, der versucht hat, bei den Spielen zu betrügen.“

Julian konnte sich ein Grinsen nicht verkneifen. Das war sicher eine ziemlich wirksame Abschreckung. Kurz vor dem Stadion trennten sich die Wege von Philanor und seiner Familie. Ein kurzer, letzter Blick, dann lief der junge Athlet mit den anderen Sportlern und den Hellanodiken durch einen Tunnel in das schmucklose, etwa 200 Meter lange und etwa 50 Meter breite Stadion, das rechts und links durch einfache Erdwälle begrenzt war, die als Zuschauertribünen dienten. Rund 40 000 Menschen fanden dort Platz.

Die Freunde hielten sich dicht bei Diotimos, der sie zur Mitte des linken Walls führte. Nun saßen sie in der Nähe des kleinen Marmoraltars der Göttin *Demeter*. Genau gegenüber lag die Tribüne für die Hellanodiken.

Auf den Wällen herrschte eine ausgelassene Stimmung. Es wurden verschiedene Namen gebrüllt, geklatscht, gejohlt und gepfiffen. Dann erhob sich einer der Schiedsrichter. Sofort erstarb der Lärm. Alle Blicke waren zur Startlinie gerichtet. Dort standen jetzt die 20 Läufer.

„Ganz links ist Philanor!", rief Diotimos aufgeregt.

Die Läufer hatten die Oberkörper leicht vorgebeugt. Mit den bloßen Füßen berührten sie die Start- und Ziellinie – die *Balbis*, eine Steinrinne, in die parallel zwei Rillen im Abstand von sechzehn Zentimetern eingelassen waren. Die Furchen sollten dafür sorgen, dass die Athleten beim Start nicht wegrutschten.

Nun trat ein Trompeter an die Balbis. Ihm folgte einer der *Mastigophoren* mit seiner Peitsche, der jeden, der sich einen Frühstart erlaubte, schlagen würde. Im Stadion war es jetzt vollkommen still.

Kim zog Kija auf ihren Schoß. Auch die Katze schien die Nervosität, die alle erfasst hatte, zu spüren. Jeder Zoll ihres muskulösen Körpers war angespannt.

Ein Trompetenstoß, das Signal: Die Läufer stürmten los! Philanor hatte einen guten Start erwischt, lag gleich an zweiter Stelle.

„Philanor, Philanor!", brüllten die Freunde aus Leibeskräften. Diotimos sprang auf und viele folgten seinem Beispiel. Jeder feuerte seinen Favoriten an und das

Stadion verwandelte sich in einen brodelnden Hexenkessel.

Und Philanor gab alles. Seine nackten Füße trommelten über den staubigen Boden, er schob sich an den Führenden heran und schloss kurz vor dem Ende der Laufbahn zu ihm auf. Jetzt erreichten sie die Wendemarke. Dicht, ganz dicht umkurvte Philanor den Holzstab und war Erster! Jetzt ging es dieselbe, 200 Meter lange Strecke zurück. Die Linie, die gerade noch als Startpunkt gedient hatte, war nun die Ziellinie.

„Lauf, Philanor, lauf!“, schallte Milons gewaltiger Bass über die Wettkampfstätte.

„Jetzt hat er schon die Hälfte geschafft!“ Leon freute sich. „Er wird siegen, ganz sicher.“

Doch Leon lag falsch. Denn unvermittelt wurde Philanor langsamer. Er presste beide Hände auf seinen Bauch.

„Beim Zeus, was ist da los?“, rief Diotimos voller Panik.

Als Philanor auf der Höhe des Demeter-Altars war, wurde er vom ersten Läufer überholt. Es folgten weitere Sprinter, Philanor fiel immer weiter zurück!

„Oje, was für eine Katastrophe“, rief Kim traurig.

„Vielleicht ist er das Rennen zu schnell angegangen und kann jetzt nicht mehr“, vermutete Leon.

„Er hat anscheinend Schmerzen“, sagte Julian.

Der erste Läufer überquerte unter dem Jubel der Zuschauer die Balbis. Schließlich kam auch Philanor dort an. Als Letzter.

Feierlich gab der Hellanodike dem Sieger einen Palmzweig und der Jubel kannte erneut keine Grenzen.

Traurig bahnte sich Milon einen Weg durch die Zuschauer. Seine Familie, Telestas und die Gefährten hielten sich dicht hinter ihm.

Kurz darauf hatten sie Philanor erreicht. Der Läufer war aschfahl im Gesicht und weinte hemmungslos.

Milon nahm ihn in seine gewaltigen Arme. „Schon gut, ist ja nichts weiter passiert“, murmelte er mit belegter Stimme. „Nächstes Mal wirst du siegen.“

„Wie konnte das nur passieren?“, stammelte Diotimos. „Wir haben doch so viel trainiert!“

„Es tut mir leid.“ Philanor schluchzte. „Aber ich war plötzlich so unendlich müde. Außerdem bekam ich Magenkrämpfe.“

„Leg dich mal da aufs Gras“, bat Telestas. Dann tastete er den Bauch des Läufers ab.

„Ich kann nichts feststellen“, sagte Telestas schließlich. „Seltsam … Und wirklich schade, dass du nicht gewonnen hast. Aber tröste dich, du bist nicht der einzige Verlierer: Ich gehöre auch dazu, denn ich habe einige Drachmen auf deinen Sieg gesetzt.“

Telestas, Milon und Diotimos rätselten weiter über

die Ursache für Philanors schwaches Abschneiden, während der Läufer teilnahmslos im Gras lag und in den Himmel starrte. Unterdessen folgten die nächsten Agone der Jugendlichen: Speerwerfen, Ringen, Weitsprung, Boxen, Diskus und weitere Läufe über verschiedene Distanzen.

Julian zog seine Freunde ein Stück außer Hörweite der anderen.

„Das gibt es doch gar nicht", sagte er leise. „Erst rennt Philanor alles in Grund und Boden und dann bricht er plötzlich derart ein."

Leon zog eine Augenbraue hoch. „Wie gesagt, ich vermute, dass Philanor das Rennen zu schnell angegangen ist. Er ist immerhin noch ziemlich jung und unerfahren."

„Da magst du Recht haben, aber woher kam die plötzliche Müdigkeit?", fragte Julian.

„Ja, und warum wurde Philanor plötzlich übel?", fragte Kim.

Da schnippte Julian mit den Fingern. „Der Wein!"

„Was meinst du?"

„Kurz vor dem Start hat Philanor einen Schluck Wein getrunken, wisst ihr noch?", wisperte Julian. „Und dabei hat er sich doch über den seltsamen Geschmack beschwert …"

Kims Augen wurden groß. „Willst du damit sagen,

dass jemand etwas in Philanors Becher geschüttet hat? Ein Gift vielleicht?“

„Ja“, stieß Julian hervor. „Und zwar, als die Musiker vorbeigezogen sind und wir alle aus dem Fenster geschaut haben. Da hat niemand auf den Becher geachtet! Ich würde mir das Gebräu gern mal anschauen. Philanor hat den Becher schließlich nicht ausgetrunken. Vielleicht können wir den Weinrest untersuchen.“

„Gute Idee“, meinte Leon. „Telestas kann uns da sicher helfen. Er ist schließlich Arzt und kennt sich bestimmt mit Giften aus!“

Schon rannten die Freunde zum Gasthaus.

Ein Beweis verschwindet

Vorsichtig öffnete Julian die Tür zum Lokal der schönen Elipa. Und die Freunde hatten gleich doppelt Glück: Zum einen waren die Tische noch nicht abgeräumt. Teller, Becher und Besteck lagen in einem ziemlichen Durcheinander herum. Offenbar hatten auch Elipa und ihre Angestellten dem Lauf zugeschaut. Und zum anderen war das Lokal absolut leer!

Mit einem Satz war Kija auf dem Tisch, an dem die Gefährten vorhin mit den Athleten gesessen hatten. Zielstrebig lief die Katze zu Philanors Platz, wo noch immer dessen Becher stand. Jetzt schnüffelte Kija begierig und stieß entzückte Maunzer aus.

Kim, Leon und Julian kamen hinzu. Leon schnappte sich den Becher und roch daran. Er schloss die Augen.

„Und?“, platzte Kim heraus.

„Ich würde sagen“, sagte Leon gedehnt, „ja, ich würde sagen, dass da Baldrian drin ist!“

„Gib her!“, verlangte Kim und roch nun ebenfalls am Becher. „Ja, es riecht ganz leicht nach Baldrian. Und deshalb ist Kija sicher auch so aufgeregt. Katzen lieben Baldrian!“

„Baldrian“, wiederholte Julian. „Ein Beruhigungs- und Schlafmittel. Das erklärt, warum Philanor vorhin so schlecht gelaufen ist. Jemand hat ihn gezielt geschwächt. Was für eine Gemeinheit.“

Kim ballte die Fäuste. „Wir müssen den Becher unbedingt Philanors Familie zeigen. Endlich haben wir einen Beweis, dass hier falsch gespielt wird!“

„Richtig, lasst uns abhauen.“ Leon nahm den Becher an sich.

Schon liefen die Freunde zur Tür.

„Halt“, bremste sie eine schneidende Stimme.

Die Gefährten fuhren herum.

Die schöne Elipa war hinter dem Tresen aufgetaucht. „Lasst gefälligst den Becher hier!“, blaffte die Wirtin die Freunde an. „Der gehört mir!“

„Ja, natürlich“, sagte Julian schnell. „Wir bringen ihn gleich wieder zurück. Wir müssen damit nur mal kurz zu …“

Doch Elipa würgte ihn ab. „Gar nichts müsst ihr. Jedenfalls nicht mit meinem Becher. Ich lasse mich nicht bestehlen, beim Zeus!“

„Bestehlen?“, brauste Kim auf. „Wir sind doch keine Diebe! Der Becher interessiert uns gar nicht!“

Elipa war in wenigen Schritten bei ihr. Ihre Augen

funkelten kalt. „So? Dann erkläre mir, warum ihr ihn mitnehmen wolltet!“

Kim sah zu Boden. Sie konnte der Wirtin doch unmöglich von dem Baldrian erzählen. Wer wusste schon, welche Rolle Elipa in diesem bösen Spiel spielte?

„Du“, fauchte Elipa, „bist mir schon einmal unangenehm aufgefallen. Kannst von Glück reden, dass du zu Diotimos gehörst. Sonst hätte ich dich schon längst rausgeworfen, du kleines, diebisches Miststück!“

Kim blickte hoch. In ihren Augen lag eine explosive Mischung aus Trotz und Wut.

„Kim, bitte sei still!“, flehte Leon, der ahnte, was passieren würde, wenn Kim einen ihrer Temperamentsausbrüche bekommen würde.

Kim rang mit sich. Sie biss sich auf die Lippen.

„Wolltest du mir noch etwas sagen?“, fragte Elipa lauernd.

Kim schüttelte den Kopf.

„Fein“, sagte Elipa spitz. Mit einer blitzschnellen Bewegung entriss sie Leon den Becher.

„Nein, den brauchen wir noch!“, rief Leon entsetzt.

„Ich auch“, erwiderte Elipa kühl und ging mit schnellen Schritten zur Theke. Ehe die Gefährten eingreifen konnten, hatte Elipa den Inhalt des Bechers ins Spülbecken gegossen.

Fassungslos schauten sich die Freunde an.

Elipa klatschte mehrfach in die Hände und rief ein paar Namen. Kurz darauf erschienen ihre Angestellten.

„Räumt hier auf!“, kommandierte Elipa und wandte sich dann an die Gefährten: „Und ihr habt meine Erlaubnis zu gehen.“

Wie betäubt schlichen Julian, Kim und Leon aus dem Lokal.

„So ein Pech“, sagte Leon düster, als sie unter sich waren. „Jetzt hatten wir endlich einen handfesten Beweis, und da kommt uns Elipa dazwischen.“

„Sie hat garantiert was mit der Sache zu tun“, grummelte Kim, die immer noch zornig war.

Julian war sich da nicht so sicher. „Vielleicht wollte sie auch nur ihr Eigentum wiederhaben. Für Elipa muss es doch wirklich so ausgesehen haben, als wollten wir den Becher stehlen.“

„Jetzt verteidigst du die auch noch“, regte sich Kim auf.

„Tu ich nicht. Ich versuche nur, ruhig zu bleiben“, widersprach Julian. „Lasst uns überlegen: Wer konnte Philanor etwas in den Wein gießen?“

„Jeder, der nicht am Fenster stand und hinausgesehen hat“, antwortete Leon.

„Zum Beispiel Elipa“, sagte Kim.

„Hast du gesehen, dass sie *nicht* am Fenster war?“, forschte Julian nach.

„Nein“, gab Kim zu. „Leider nicht. Aber sie hatte großes Interesse daran, den Inhalt von Philanors Becher zu vernichten! Und deshalb halte ich sie für verdächtig!“

Julian kickte ein Steinchen an den Poseidon-Brunnen. Da hatte Kim Recht. Aber das war nur eine Vermutung. So kamen sie nicht weiter.

Plötzlich hellte sich Kims Gesicht auf. „Der Beutel!“, stieß sie hervor. „Elipa hat doch einen Beutel mit einem uns unbekannten Inhalt gekauft. Vielleicht war da der Baldrian drin!“

„Das könnte natürlich sein.“ Leon kratzte sich am Kopf.

„Finde ich auch“, sagte Julian. „Wir müssten an den Beutel herankommen …“

„… oder den Verkäufer entlarven“, ergänzte Leon. „Zu gern würde ich heute Nacht den Schankraum im Auge behalten. Womöglich gibt es dort erneut ein mysteriöses Treffen. Aber wo können wir uns auf die Lauer legen?“

Sein Blick glitt zurück zur Gaststätte. Leons Herz begann heftig zu klopfen. Der Dachboden über dem Schankraum war ihm eingefallen. Konnte man sich dort verstecken und hinunterspähen? Oder wenigstens die Gespräche belauschen?

Leon sah, dass der Speicher nicht nur das Lokal bedeckte, sondern auch die angrenzenden Stallungen, wo die Freunde ihr einfaches Zimmerchen hatten. Unvermittelt ging ein Strahlen über sein Gesicht.

„Ich habe eine Idee“, wisperte Leon. „Hört mal her!“

Ein nächtlicher Gast

Der restliche Tag verlief ohne weitere Zwischenfälle. Die Freunde erwähnten die Sache mit dem Baldrian niemandem gegenüber.

Philanor fühlte sich inzwischen wieder besser. Aber er war immer noch sehr niedergeschlagen. Beim Abendessen versuchten die anderen ihn aufzuheitern, was aber nur zum Teil gelang.

Milon lenkte das Gespräch auf das morgen stattfindende Rennen seines Vaters. Diotimos strotzte vor Selbstvertrauen. Später ging er mit den Freunden noch einmal in den Stall, begutachtete seine Pferde, untersuchte die Quadriga und prüfte das Zaumzeug.

„Geht jetzt schlafen“, sagte er freundlich.

Aber natürlich dachten die Freunde gar nicht daran. Sie fläzten sich auf ihre Lager, erzählten sich leise Witze und spielten mit Kija Fangen. Und sie warteten, dass es Nacht wurde. Immer wieder schauten sie aus dem Fenster oder lauschten auf den Gang hinaus. Nach wie vor drangen Gelächter und Musik aus dem Schankraum.

Doch endlich kehrte Ruhe ein. Der letzte Gast hatte die Schenke verlassen und war leicht schwankend am Brunnen vorbeigelaufen. Das Haus der schönen Elipa versank im Schlaf.

Zumindest überwiegend. Denn Kim, Leon, Julian und Kija waren hellwach und durchstreiften auf der Suche nach einer Leiter leise den Stall. Der Mond bot genügend Licht für eine grobe Orientierung.

Da miaute Kija, die voranlief, aufgeregt.

Leon stolperte als Erster heran. „Hervorragend“, wisperte er und streichelte den Kopf der Katze. Kija hockte vor einer Leiter, die auf den Dachboden führte.

Als Erster wagte sich Leon hinauf. Die anderen folgten ihm. Hier oben gab es keine Fenster. Die Dunkelheit war nahezu vollkommen. Leon tastete sich Richtung Gastraum und stieß dabei mehrfach mit dem Kopf gegen die niedrigen Balken. Er fluchte unterdrückt und rieb sich die Stirn. Weiter ging es. Leon war froh, dass es auf dem Speicher keine Mauern gab, die ihnen den Weg versperrten. Allerdings hatte er keine Ahnung, wo sie sich befanden. Standen sie bereits über dem Schankraum?

Da half ihm ein Lichtschimmer weiter, der vom Boden kam. Mit klopfendem Herzen ließ sich Leon auf die Knie herab. Die Freunde folgten seinem Beispiel. Das Licht sickerte durch einen Spalt zwischen den Bohlen zu ihnen nach oben. Leon beugte sich über die

Ritze und schaute hinunter. Sie waren genau über der Schenke! Gerade trug eine von Elipas Angestellten ein Tablett mit Essensresten in die Küche. Ihre Herrin war nicht zu sehen. Dann erschien die Angestellte erneut. Sie gähnte, nahm die Öllampe und trug sie ebenfalls in die Küche. Das Licht erlosch.

„Wir müssen warten“, schlug Leon leise vor.

Julian und Kim waren einverstanden.

„Hoffentlich kommt Elipa überhaupt“, hauchte Kim nach einer Weile. Kija lag auf ihrem Schoß und ließ sich unter dem Kinn kraulen. Kim hatte keine Ahnung, wie viel Zeit inzwischen vergangen sein mochte. Eine halbe Stunde, vielleicht sogar schon eine ganze?

„Ja, allmählich wird's langweilig“, sagte Julian.

„Psst“, machte Leon. „Klappe halten.“ Er hatte das Quietschen einer Tür vernommen. Jetzt fiel ein Lichtschein in die Schenke. Leon spähte durch den Spalt.

Elipa! Die Wirtin schritt mit einem Lämpchen zu dem Tisch, der genau unter den Freunden stand, und stellte es dort ab. Dann lief sie zur Tür, wartete dort einen Moment, drehte wieder um und ging zurück zum Licht. Elipa setzte sich. Ihre Finger trommelten leise auf den Tisch.

Da, ein leises, energisches Pochen an der Tür!

Elipa fuhr hoch und öffnete. Ein Mann huschte herein.

Den Freunden stockte der Atem: Es war Kleoitas!

„Ich grüße dich“, sagte der Ringer und deutete eine Verbeugung an. „Deine Schönheit bringt Licht in diese dunklen Stunden.“

Elipa lächelte. „Danke, aber ich glaube nicht, dass du nur gekommen bist, um mir zu schmeicheln …“

Statt einer Antwort zog Kleoitas einen Beutel hervor und ließ ihn auf den Tisch fallen. Münzen klimperten.

„Warte“, sagte die Wirtin und ging in die Küche.

Während sich Kleoitas setzte, schauten sich die Gefährten mit großen Augen an. Kim, die auf den Knien saß, spürte, dass ihr linkes Bein bald einschlafen würde. Es begann schon zu kribbeln.

Nun tauchte Elipa wieder auf und legte ebenfalls einen Beutel auf den Tisch.

„Das wird dir helfen“, sagte sie zuversichtlich.

„Ich hoffe es, beim Zeus“, erwiderte der Ringer und sah Elipa lange an. „Es *muss* helfen!“

Elipa strich sich eine Haarsträhne aus dem Gesicht. „Vertraue der Macht der Kräuter“, zischte sie. „Vertraue dem Willen der Götter!“

Kleoitas nickte. „Wir werden sehen“, sagte er.

Das Kribbeln war unerträglich geworden. Es war, als hätte Kim ihr Bein in einen Ameisenhaufen gesteckt. Sie musste es einfach ausstrecken! Dabei wischte der Saum ihres Chitons ein wenig Staub und Dreck über den Dachboden, der nun durch den Spalt nach unten rieselte – genau auf den Tisch, wo Kleoitas und Elipa saßen! Kims Herzschlag dröhnte in ihren Ohren. Wie hatte sie nur so ungeschickt sein können!

„Was ist da oben los?“, fragte Kleoitas drohend.

Die Wirtin winkte ab. „Bestimmt laufen da nur ein paar Mäuse herum.“

„Mäuse? Ich weiß nicht ...“

Die Freunde wagten nicht zu atmen.

Jetzt stand Kleoitas auf. „Ich schaue lieber mal nach. Hast du eine Leiter?“

Elipa deutete zur Küche. „Hinter der Tür.“

Der Ringer verschwand aus dem Blickfeld der Gefährten. Eine Minute später kam er wieder, eine Leiter in den Händen.

„Das ist wirklich nicht nötig“, sagte Elipa. „Trink lieber einen Becher Wein.“

„Gleich“, entgegnete Kleoitas kurz angebunden. „Wo geht’s nach oben auf den Dachboden?“

Die Wirtin seufzte und deutete in einen Winkel der Gaststätte, den die Freunde von ihrem Posten aus nicht sehen konnten.

Kims Gedanken überschlugen sich. Sie mussten sich verstecken – nur wo?

Die Leiter ächzte unter dem Gewicht des Ringers! Kleoitas kam hoch!

Kija maunzte leise und machte Anstalten, loszulaufen, und in Kim keimte ein Fünkchen Hoffnung. Das Mädchen gab Leon und Julian ein Zeichen, ihr zu folgen. Kim selbst hielt sich dicht hinter Kija, die sich bereits in Bewegung gesetzt hatte. Auf samtenen Pfoten, die lichtempfindlichen Augen weit geöffnet, glitt die Katze über den Holzboden. Zielstrebig lief sie hinter eine Truhe, die irgendjemand auf dem Speicher abgestellt hatte. Die Freunde kauerten sich dahinter, drängten sich aneinander und machten sich so klein es ging. Sie zitterten vor Angst.

Schwere Schritte auf dem Boden. Sie kamen näher, direkt auf die Gefährten zu! Kim schickte ein Stoßgebet zum Himmel. Das war alles ihre Schuld! Kleoitas durfte sie nicht finden!

Jetzt herrschte Stille. Der Ringer brummelte etwas vor sich hin. Dann wieder Schritte, ein Schrei, gefolgt von einem Fluch. Offensichtlich hatte er sich den Kopf gestoßen.

„Lass es gut sein", kam Elipas Stimme von unten.

Kleoitas schnaufte. „Du hast Recht, sind wohl nur Mäuse oder Ratten."

Die Schritte entfernten sich, dann hörten die drei Freunde wieder die Leiter unter dem Gewicht des Ringers ächzen. Sie atmeten auf, wagten sich jedoch noch nicht aus ihrem Versteck.

Gedämpft drangen Wortfetzen zu ihnen nach oben. Dann schlug eine Tür. Das Gespräch war verstummt. Die Freunde warteten noch ein paar Minuten ab. Schließlich schlich Leon zu ihrem Beobachtungsposten und spähte durch die Ritze. Der Schankraum lag im Dunkeln, die Luft war rein.

„Kija hat uns gerettet“, sagte Kim und drückte die Katze an sich. „Und es tut mir leid, dass ich vorhin so unvorsichtig war, Jungs.“

„Schon gut“, sagte Leon. „Kann vorkommen.“

„Ja“, meinte auch Julian. „Die Hauptsache ist, dass sich unser kleiner Ausflug gelohnt hat. Kleoitas hat der Wirtin Kräuter abgekauft. Garantiert war das Baldrian oder etwas Ähnliches. Womöglich will Kleoitas nach Philanor auch Milon und Diotimos vergiften. Die beiden schweben in großer Gefahr!“

Das Wagenrennen

Am nächsten Morgen alarmierten die Freunde Diotimos und Milon noch vor dem Frühstück.

„Kleoitas, dieser Schurke!“, rief Milon und ballte die rechte Faust, die Julian an den Hammer eines Schmieds erinnerte. „Soll ich ihn mir mal vorknöpfen, Vater?“

Diotimos hob beruhigend die Hände. „Bleib gelassen, mein Sohn. Das, was unsere neuen Freunde gerade berichtet haben, ist eine ernste Sache, aber es gibt ein Problem: Es fehlt der Beweis!“

Milon sah seinen Vater ungläubig an. „*Beweis*? Wer braucht denn so was?“

„Kleoitas hat etwas von Elipa gekauft, aber wir wissen nicht, was es war“, erklärte Diotimos geduldig. „Wir werden sehr gut aufpassen. Niemandem wird es gelingen, uns etwas ins Essen oder in den Wein zu schütten, beim Zeus!“

Milon gab noch nicht auf. „Dennoch, zu gerne würde ich Kleoitas ein wenig, sagen wir mal, durchschütteln. Darf ich, Vater?“

„Nein“, sagte Diotimos entschieden. „Wir kämpfen mit unseren Mitteln, sportlich und fair.“

Murrend fügte sich Milon.

Diotimos blickte zum Himmel. „Schade, dass Elipa krumme Geschäfte zu machen scheint. Das will mir nicht in den Kopf. Aber jetzt kommt mit in den Stall. Ich will noch einmal meine Ausrüstung überprüfen. Denn nachher beginnt das Rennen.“ Versonnen fügte er hinzu. „Das Rennen, das ich gewinnen werde!“

Die vier Pferde, die Diotimos zum Sieg verhelfen sollten, wirkten ruhig und entspannt. Die Freunde versorgten sie mit Heu und frischem Obst. Unterdessen untersuchten Diotimos, Milon und Philanor ein letztes Mal das Zaumzeug und den schnittigen Wagen.

„Alles in bester Ordnung“, rief Diotimos zufrieden. „Jetzt will ich Zeus noch ein Opfer bringen.“

Die Freunde und die Familie begleiteten den Rennfahrer zu einem der vielen kleinen Zeusaltare, die um die Altis herum standen. Diotimos murmelte ein Gebet. Dann brachte er Zeus sein Opfer, stellte Schalen mit Milch, Honigplätzchen und Wein auf den Altar und hob die Hände zum Himmel. Feierlich sprach er ein weiteres Gebet. Dann straffte er die Schultern und wandte sich vom Altar ab.

„Ich bin bereit. Bereit für Kampf, bereit für den Sieg, bereit für die Unsterblichkeit!“, sagte er fest.

„Du? Dass ich nicht lache!“, ertönte da eine Stimme hinter ihnen.

Kleoitas und Arrhichion lehnten an einem Olivenbaum und grinsten.

„Du bist höchstens bereit für den Staub der Rennbahn. Denn den wirst du gleich kennenlernen“, höhnte Arrhichion. „Weil ich dich in Stücke fahren werde, Diotimos.“

„Ich gebe nichts auf dein leeres Geschwätz“, erwiderte Diotimos kühl.

„Das solltest du aber“, sagte jetzt Kleoitas. „Und vielleicht noch ein wenig opfern und beten. Auch du, Milon. Denn ihr alle könnt den Beistand der Götter gut gebrauchen.“

Milon kochte vor Wut, aber sein Vater hielt ihn zurück. „Ich werde Arrhichion gleich auf der Rennbahn eine Lektion erteilen. Und du, Milon, kannst deine Kräfte aufheben für den Kampf gegen Kleoitas!“

Feixend verschwanden die beiden Brüder Richtung Zeltstadt.

„Schade“, bedauerte Milon.

Diotimos ging auf diese Bemerkung nicht weiter ein. „Kommt mit in das *Hippodrom*“, forderte er.

Aufgeregt folgten die Freunde ihm zum Stall, wo sie die Pferde und die Quadriga holten. Dann zogen sie zur Pferderennbahn.

Das Hippodrom lag unmittelbar neben dem Stadion. Den südlichen Wall des Stadions konnten die Zuschauer als Doppeltribüne benutzen: Richtung Norden schauten sie ins Stadion hinunter, Richtung Süden auf die Pferderennbahn. Diese war nicht viel mehr als eine ovale, stoppelige Piste, rund tausend Meter lang und dreihundert Meter breit. In der Mitte wurde sie von einem etwa ein Meter hohen Holzzaun in zwei Bahnen unterteilt. An jedem Ende des Zauns erhob sich eine schlanke Säule mit einem Zeus-Bildnis.

Die Zuschauer hatten sich bereits auf den Tribünen eingefunden. Es herrschte ein unglaubliches Geschrei. Fliegende Händler drängelten sich durch die Massen, boten Wasser, Wein und Gebäck an.

„He, seht mal, wer da ist!“, rief Leon und deutete auf einen Mann mit einem Federkiel und einem Tintenfass.

„Eupolos!“, sagte Julian. „Und jetzt kommt Telestas zu ihm.“

Sie drängelten sich zu den Männern durch.

„Seid gegrüßt!“, rief der Arzt. „Gerade habe ich noch schnell zehn Drachmen auf Diotimos gesetzt. Er wird siegen, da bin ich mir ganz sicher.“ Er sah Eupolos drohend an. „Schreib das bloß auf!“

„Das habe ich bereits“, gab Eupolos beleidigt zurück und ging weiter.

„Diotimos ist der große Favorit. Er macht das Rennen, und auch ich werde ein kleiner Gewinner sein!“, sagte Telestas strahlend, während er die Freunde zurück zu Milon und Philanor begleitete.

Milon hatte ihnen erstklassige Plätze freigehalten. Gerade rollten die ersten Quadrigen an den Start. Jedes Gespann befand sich in einer Art Box, die mit dicken Seilen zum Nachbarn abgegrenzt war.

„Vater hat einen guten Startplatz zugelost bekommen!“, freute sich Milon. „Er steht genau in der Mitte.“

Jetzt erkannten auch die Freunde Diotimos in seinem schneeweißen Chiton. Aufrecht und stolz stand er in seiner Quadriga. In seiner linken Hand hielt er die Zügel, in der rechten eine Peitsche. Diotimos’ Tiere wirkten jetzt nervös und gereizt. Die edlen Rösser warfen ihre Köpfe hin und her und tänzelten auf der Stelle.

„Die beiden äußeren Pferde sind ja gar nicht vor den Wagen gespannt!“, rief Kim überrascht. Auf ihrem Schoß hatte sich Kija zusammengerollt, die den ganzen Trubel um sie herum gar nicht wahrzunehmen schien.

„Das ist extra so“, erklärte Philanor. „Die äußeren Pferde laufen nur locker angebunden mit und sollen die beiden mittleren Tiere beim Wendemanöver führen. Gewendet wird an den Säulen, die am Ende und am Anfang der Rennbahn stehen. Vierundzwanzig Runden müssen die Fahrer bewältigen.“

Der Jubel schwoll weiter an, als der zuständige Hellanodike zum Start kam, wo inzwischen dreißig Fahrer in ihren Quadrigen auf sein Zeichen warteten. Die Flanken der Pferde bebten vor Erwartung.

„Neben Diotimos steht ausgerechnet Arrhichion", erkannte Milon. „Hoffentlich geht das gut!"

Der Schiedsrichter nahm ein Ende des Seils, das die Pferde zurückhielt. Dann riss er die Leine zu sich heran, sie fiel zu Boden, und die Pferde jagten los.

Von den Tribünen kamen begeisterte Anfeuerungsrufe. In einer großen Staubwolke schossen die Quadrigen auf die erste Wendemarke zu. Peitschen knallten, Kommandos wurden geschrien. Schon waren die ersten Rennwagen zurückgefallen.

„Schaut, Diotimos liegt vorn!", jubelte Leon.

„Ja, aber Arrhichion ist direkt hinter ihm!", entgegnete Kim.

Diotimos stand breitbeinig in seinem Wagen, die Zügel fest in der Hand. Seine Haare wehten im Wind. Er kam als Erster zum Wendepunkt.

„Jetzt wird's gefährlich!", rief Philanor.

Diotimos riss an den Zügeln. Der Wagen legte sich in die Kurve, das äußere Rad hob vom Boden ab. Eng, ganz eng lenkte Diotimos den schnittigen Wagen um die Kurve.

„Fantastisch!", jubelten Kim, Leon und Julian.

Hinter Diotimos brach Chaos aus. Mehrere Quadrigen verkeilten sich beim Wendemanöver ineinander. Holz splitterte, Räder knickten weg, Pferde brachen aus, Männer krachten in den Staub, Schreie gellten über das Hippodrom. Ärzte und Sanitäter rannten herbei und zogen die Verletzten von der Rennbahn. Andere fingen die Pferde ein und schoben die beschädigten Quadrigen weg.

Jetzt hatte Diotimos ein wenig Vorsprung. An zweiter Stelle lag Arrhichion, der mit der Peitsche auf seine Pferde einschlug.

„So ein Tierquäler!“, beschwerte sich Kim.

Aber die Schläge zeigten Wirkung. Arrhichions Quadriga schob sich immer näher an die von Diotimos heran.

„Schneller, Diotimos, schneller!“, brüllte Julian.

Im gestreckten Galopp rasten die Rennwagen auf die zweite Wendemarke im Start-Ziel-Bereich zu. Wieder gelang Diotimos ein perfektes Wendemanöver. Aber auch Arrhichion verstand sein Handwerk. Er blieb an Diotimos dran.

„Sieht ganz nach einem Zweikampf aus“, murmelte Philanor.

Der junge Athlet behielt Recht. Die beiden Rennfahrer aus Kroton lieferten sich ein packendes, ein dramatisches Duell. Das Publikum war außer sich, es pfiff und johlte.

Diotimos fuhr ein großartiges Rennen, doch gelang es ihm nicht, den Gegner abzuhängen. Ab der zehnten Runde überrundeten die beiden Führenden die ersten anderen Quadrigen. Inzwischen war nur noch die Hälfte der Starter dabei, die übrigen hatten sich bei Unfällen oder durch Materialschäden aus dem Rennen verabschiedet.

Dann kam die zwanzigste Runde.

„Vater wird langsamer!“, erkannte Philanor entsetzt.

„Taktik, das ist reine Taktik“, versuchte Milon ihn zu beruhigen.

Doch wirklich: Arrhichion rückte ganz dicht an Diotimos heran, tauchte plötzlich aus seinem Windschatten auf und war auf gleicher Höhe. Für die Zuschauer schien es einen Augenblick lang, als berührten sich die Quadrigen, so dicht rasten sie nebeneinanderher.

Da hob Arrhichion erneut die Peitsche, doch diesmal sauste sie nicht auf die Rücken seiner Pferde, sondern auf Diotimos herunter. Im letzten Moment duckte sich der Rennfahrer. Die nächste Attacke parierte er wie ein Schwertkämpfer mit dem Stiel seiner Peitsche.

„Die Kurve, die Kurve!“, schrie Philanor.

Doch Diotimos schien die Sache im Griff zu haben. Er lehnte sich nach innen, zog an den Zügeln, der Wagen stand erneut auf einem Rad – und da passierte es! Ein Krachen, die Achse brach, das Rad knickte ab und schob sich unter den Boden der Quadriga. Der Rennwagen setzte seitlich auf und grub sich in den Boden. Diotimos wurde aus dem Wagen geschleudert und schlug hart auf der Piste auf. Schützend hielt er die Arme über den Kopf. Arrhichions Wagen sauste haarscharf an Diotimos' Körper vorbei.

„Beim Zeus, wie furchtbar!“, schrie Philanor vollkommen entsetzt.

„Schnell, runter zur Rennbahn“, kommandierte Telestas. „Wir müssen Diotimos helfen!“

Schon schob er sich durch die tobende Menge. Die anderen folgten ihm. Dabei sahen sie, wie Arrhichion dem Sieg entgegenfuhr, die eine Hand hielt die Zügel, die andere war in den Himmel gereckt, als Zeichen des Triumphes.

Als die Freunde die Rennbahn erreichten, war Diotimos schon wieder aufgestanden. Gestützt von zwei Helfern wankte er zum Rand der Piste. Sein Chiton war zerfetzt, der Körper übersät mit Schürfwunden. Andere Helfer schoben die kaputte Quadriga zur Seite und fingen Diotimos' Pferde ein.

„Beim Zeus, du scheinst dir nichts gebrochen zu haben!“, rief Milon erleichtert, sobald er und die anderen den Rennfahrer erreicht hatten.

„Aber das verdammte Rad ist gebrochen“, knurrte Diotimos. „Und das ist viel schlimmer! Wie konnte das passieren? Ich habe doch immer nur das beste Material verwendet. Und so etwas ist mir noch nie passiert!“

Leon warf seinen Freunden einen bedeutungsvollen Blick zu.

„Sei froh, dass du lebst“, sagte Telestas. „Setzt dich da hin. Ich will deine Wunden untersuchen.“

Nur widerwillig ließ Diotimos ihn gewähren. Immer wieder schüttelte er fassungslos den Kopf. „Ich hätte gewonnen“, sagte er. „Aber das Material hat mich im Stich gelassen.“

Der Jubel wurde noch lauter. Arrhichion hatte die letzte Runde hinter sich gebracht und ließ sich feiern.

„Es war … es war mein Sieg“, stammelte Diotimos fast trotzig.

Telestas legte ihm eine Hand auf die Schulter. „Die Verletzungen sind zum Glück nur oberflächlich. Aber ich will dir Verbände anlegen. Lass uns ins Gasthaus gehen.“

Ächzend rappelte sich Diotimos auf. „Von mir aus“, brummte er. „Du, Milon, kümmerst dich bitte darum, dass die Quadriga in die Werkstatt kommt.“

Der Riese nickte und wollte loslaufen.

„Wo ist die Werkstatt?“, fragte Leon schnell.

„Gleich hinter dem Gasthaus“, entgegnete der Ringer. „Warum fragst du?“

„Nur so“, log Leon, ohne rot zu werden.

Milon zuckte die Schultern und verschwand.

Auf Telestas und Philanor gestützt wankte Diotimos zum Gasthaus der schönen Elipa. Die Gefährten liefen hinter ihnen her.

„Die Quadriga würde ich mir gern mal anschauen“, sagte Leon leise.

„Wieso, die ist doch kaputt“, erwiderte Kim verständnislos.

„Ja, eben“, flüsterte Leon. „Und das finde ich höchst seltsam. Diotimos hat gesagt, dass er nur das beste Material verwendet und dass ihm so etwas noch nie passiert ist. Und mit einem Mal bricht das Rad weg. Vielleicht hat jemand irgendetwas an der Quadriga manipuliert …“

Julian war sofort bei der Sache. „Wir müssen den Wagen unter die Lupe nehmen. Am besten gleich!“

Doch dazu kamen sie nicht. Milon befahl ihnen, sich um die völlig erschöpften Pferde zu kümmern. Danach mussten sie für Telestas Heilkräuter besorgen und am Abend Diotimos auf seinem Zimmer mit Speisen und Getränken versorgen. Erst spät durften die Freunde in ihre Kammer. Müde sanken sie auf ihre Lager.

„Aber morgen, Leute, müssen wir an die Quadriga ran“, murmelte Leon, bevor er in einen traumlosen Schlaf fiel.

Gefährliche Spurensuche

Am nächsten Morgen saßen die Gefährten mit Diotimos' Familie beim Frühstück. Die Stimmung war nicht so gedrückt, wie es die Freunde erwartet hatten.

„Eine Chance auf einen Sieg für die Familie haben wir ja noch", sagte Diotimos zuversichtlich und klopfte Milon auf die Schulter.

Sein Sohn nickte grimmig und nahm sich noch eine Schale mit Ziegenkäse und Oliven. „Ich werde dich nicht enttäuschen", versprach er.

„Klar, du wirst siegen", sagte Kim. „Wann findet denn dein Kampf statt? Heute?"

Milon legte den Kopf in den Nacken und lachte. „Heute? Aber nein, beim Zeus!"

„Warum denn nicht?"

„Oh, man merkt, dass ihr das erste Mal bei den Spielen seid", sagte Milon. „Heute gibt es keine Wettkämpfe, denn gleich feiern alle das große Opferfest."

„Dann arbeitet heute auch niemand?"

„Arbeiten?" Milon sah sie groß an. „Nein!"

Kim sah kurz zu ihren Freunden hinüber. Sie hatten verstanden: Heute würde demnach auch in der Werkstatt nicht gearbeitet, wo die Quadriga stand.

Dennoch flitzten die Gefährten sicherheitshalber kurz dorthin. Die Werkstatt war geschlossen. Ein Mann sagte ihnen, dass Diotimos' Quadriga erst morgen repariert werden würde.

Rasch liefen die Kinder zurück. Vor dem Gasthaus der schönen Elipa trafen sie Milon, Philanor, Diotimos und Telestas, die gerade zum Festplatz aufbrachen. Die Gefährten schlossen sich ihnen an.

„Ihr wisst nicht viel über Olympia, oder?“, fragte Milon unterwegs.

Verlegen schüttelten Leon, Kim und Julian die Köpfe. Von allen Seiten strömten Menschen auf den Weg und drängten Richtung Altis.

„Nun, wir feiern unsere Spiele in Olympia immer genau nach fünfzig Vollmonden. Also finden die Spiele alle vier Jahre hier statt“, erläuterte Milon. „Und am vierten Tag der Spiele gibt es dieses große Opferfest zu Ehren von Zeus.“

Jetzt hatten sie das Tor zum heiligen Bezirk erreicht. Dort hatte sich ein Menschenstau gebildet.

Plötzlich wurde hinter ihnen ein Brüllen laut. Die Freunde drehten sich um. In einer Staubwolke trampelten mit Blumen geschmückte Ochsen heran.

„Zur Seite, Leute, macht Platz!“, riefen die Hirten, die neben den Tieren herliefen.

Die Menschen bildeten eine Gasse.

„Die Opfertiere“, sagte Milon zu den Freunden, als das letzte Tier vorbeigelaufen war. „Es müssen genau hundert Stiere sein.“

„Und die werden alle geopfert?“, fragte Kim voller Unbehagen.

„Ja, so wollen es die Götter. Und jetzt kommt, damit wir noch einen guten Platz bekommen.“

Die Menge schob sich zum Zeusaltar vor dem Tempel. Milon sorgte dafür, dass sie beste Sicht hatten. Der Altar war etwa sieben Meter hoch und hatte die Form eines Kegels. Er stand auf einem rechteckigen Podest. Stufen führten zur Spitze des Kegels, auf der eine runde Plattform angebracht war. Dort brannte ein Feuer. Vor den Stufen standen Priester in langen, weißen Gewändern. Musiker spielten auf Flöten und Leiern. Die Menschen lauschten andächtig.

Dann hob einer der Priester die Hand, und die Musik verstummte. Der Priester sprach ein Gebet und bedankte sich bei Zeus für seinen Schutz. „Dafür bieten wir dir diese Stiere“, rief der Priester feierlich und gab den Befehl, die Tiere zu schlachten.

Angewidert wandte sich Kim ab, während die Tiere geopfert wurden. Die Schenkel wurden auf der Plattform verbrannt. Beißender Geruch legte sich über die Altis.

„Das muss so sein“, erläuterte Milon, als er die entsetzten Mienen der Freunde bemerkte. „Der aufsteigende Rauch ist das Mahl der Götter. Die Asche vermischen die Priester mit dem Wasser des Alpheios zu einem Brei. Dieser Brei verfestigt sich zu einer Art Mörtel und wird dafür genutzt, den Altar immer höher zu bauen: zu Ehren von Zeus!“ Er grinste. „Und den Rest der Stiere dürfen alle Gäste nachher beim Festmahl verspeisen! Das Fest dauert bis tief in die Nacht!“

Tapfer nickten Leon und Julian, wandten sich dann aber wie Kim ab. Leon schaute hinüber zum schönen Zeustempel und versuchte sich abzulenken.

Heute arbeitet also niemand, dachte er. War das nicht eine Chance für sie? Konnten sie sich vielleicht unbemerkt in die Werkstatt hineinschleichen und die Quadriga unter die Lupe nehmen? Später, wenn der Wein in Strömen floss, konnten sie womöglich unbemerkt ermitteln.

Flüsternd weihte Leon seine Freunde ein. Kim und Julian waren sofort begeistert.

Endlich waren alle Opfer gebracht worden, und die Menge strebte zum Festplatz.

„Halt“, rief Diotimos, „ich will noch kurz in den Tempel!“

Erst jetzt bemerkten Julian, Kim und Leon, dass die Türen zum Heiligtum heute offen standen! Ehrfürchtig folgten sie Diotimos und betraten den Tempel. Sie standen vor einer gewaltigen, zwölf Meter hohen Statue, die ihnen den Atem verschlug. Zeus saß auf einem Thron. Sein Körper war aus Elfenbein gefertigt. Mantel und Schuhe bestanden aus purem Gold. Auf dem Kopf ruhte ein goldener Kranz aus Olivenzweigen. Zeus' Augen aus persischem Glas ruhten mild und majestätisch auf den Gefährten, seine Lippen umspielte der Hauch eines Lächelns. Der Gott wirkte entspannt, fast heiter. In der linken Hand hielt Zeus ein Zepter aus blitzendem Silber, das mit einem Adler gekrönt war. In der rechten Hand trug er eine Nike aus Elfenbein mit einem Siegeskranz auf dem Kopf.

Diotimos sank auf die Knie, und alle anderen folgten seinem Beispiel. Mit gesenkten Köpfen hingen sie ihren Gedanken nach.

Julian fühlte sich angesichts dieser einmalig schönen Statue absolut winzig. Kein Wunder, dachte er, dass diese Arbeit zu den Sieben Weltwundern zählt. Einmal mehr war er überglücklich, dass seine Freunde und er die Möglichkeit hatten, diese Pracht zu sehen. Doch er wusste, dass er sich von der Heiterkeit, die die Statue verströmte, nicht blenden lassen durfte. Draußen, außerhalb der Tempelmauern, lief ein Attentäter herum,

den sie stellen wollten. Hatte der Kerl auch die Quadriga manipuliert?

Ihre Chance kam viele Stunden später beim großen Fest. Inzwischen hatte sich die Dunkelheit über die Altis gesenkt, und der Vollmond stand rund und weiß am Sternenhimmel. Auf dem Festplatz loderten Feuer. Das Fleisch der Opferstiere wurde an Spießen gebraten und Weinkrüge machten die Runde. Auch Diotimos, seine Söhne und der Arzt feierten kräftig mit. Längst waren sie nicht mehr nüchtern, bis auf Milon, der sich zumindest beim Trinken zurückhielt. Schließlich stand morgen noch sein Kampf auf dem Programm.

Die Freunde spielten Kellner, brachten Getränke und Essen herbei. Kurz vor Mitternacht gestattete Diotimos ihnen, sich zurückzuziehen.

„Na endlich“, sagte Kim erleichtert. „Jetzt schnell zur Werkstatt.“

„Wir brauchen Licht“, bremste Leon sie. „Das besorgen wir uns im Gasthaus.“ Die Freunde liefen zu Elipas Reich und holten sich ein Öllämpchen aus ihrem Zimmer. Kurz darauf erreichten sie die Werkstatt, die aus einem gedrungenen Hauptgebäude und einem geräumigen Schuppen bestand.

Plötzlich miaute Kija.

Kim beugte sich zu ihr hinab. „Was ist?“, wisperte sie.

Wieder miaute die Katze. Ihre Augen waren weit aufgerissen. Kija starrte in die Dunkelheit, dorthin, wo hinter der Werkstatt ein knorriger Olivenbaum seine Zweige in den Himmel streckte. Hatte sich da gerade etwas bewegt? Kim war sich nicht sicher. Aber dennoch bekam sie eine Gänsehaut.

„He, Jungs, könnte sein, dass man uns beobachtet", raunte sie.

„Bist du dir sicher?", wisperte Julian.

„Nein, eben nicht. Aber schaut doch mal unauffällig zu dem dicken Baum da hinten."

Leon bückte sich, als müsse er einen Riemen an seiner linken Sandale festziehen und spähte vorsichtig zu dem Baum hinüber. Nichts, alles schien friedlich zu sein.

„Ich glaube, du hast dich geirrt", flüsterte er Kim zu, sobald er sich wieder aufgerichtet hatte. „Und jetzt kommt."

Sie begannen, um die Werkstatt herumzulaufen. Die Tür war natürlich verschlossen. Und vor den beiden Fenstern waren Schlagläden angebracht.

„Zu dumm, da kommen wir nicht rein", murmelte Kim enttäuscht.

„Und was machen wir jetzt? Es werden noch Vorschläge angenommen!"

Julian und Leon schwiegen, aber Kija maunzte und

lief los. Die Freunde ahnten, dass das kluge Tier ihnen etwas zeigen wollte und folgten ihm.

Kija glitt zu dem unscheinbaren Schuppen und stupste mit ihrer Nase gegen dessen Tür. Leon drückte dagegen, und die Tür schwang knarzend zurück. Mit klopfenden Herzen gingen die Kinder Schritt für Schritt in den Schuppen hinein. Aller möglicher Plunder lag hier herum: zerborstene Räder, verschlissene Lederriemen und verbogene Metallteile.

Kija lief weiter und die Freunde hielten sich dicht hinter ihr. Sie gelangten zu einer weiteren Tür, die den Schuppen mit der Werkstatt verband, doch diese war fest verschlossen.

Seufzend hielt Leon das Lämpchen hoch über seinen Kopf. Die Kinder sahen sich um. Gab es wirklich keine Möglichkeit, in die Werkstatt zu gelangen?

Plötzlich stieß Leon einen leisen Pfiff aus. „Seht doch mal“, rief er und deutete in die hinterste Ecke des Schuppens, wohin kaum noch Licht fiel. „Da steht eine Quadriga!“

Die Freunde bahnten sich einen Weg durch das Gerümpel und standen vor Diotimos’ Wagen!

Augenblicklich begannen die Gefährten, die Quadriga unter die Lupe zu nehmen. Sogar das Zaumzeug war da, wies jedoch keinerlei verdächtige Spuren oder Beschädigungen auf. Auch die Räder waren völlig intakt, sogar das, was vom Wagen abgebrochen war.

Schließlich untersuchte Leon im Schein des Öllämpchens die gebrochene Achse. Dafür musste er sich auf den Rücken legen. „Das gibt es doch nicht“, stieß er unvermittelt hervor. „Seht mal her! Hier unten!“

Julian und Kim legten sich neben Leon.

Leon deutete auf das Holz. „Die Achse ist fast ganz gerade durchgebrochen, ein glatter Bruch sozusagen. Und hier verläuft ein senkrechter Spalt, seht ihr?“

Kim und Julian nickten.

„So sieht es aus, wenn man einen Balken ansägt!“, fuhr Leon fort. „Ich sage euch: Die Achse wurde angesägt und hat beim Rennen der Belastung nicht standgehalten.“

„Aber Diotimos und wir haben die Ausrüstung doch genau untersucht, bevor das Rennen losging“, warf Julian ein.

„Stimmt“, gab Leon zu und zupfte nachdenklich an seinem Ohrläppchen. „Doch danach waren wir bei einem der Altäre, weil Diotimos Zeus ein Opfer bringen wollte. Womöglich hat der Täter diesen Moment genutzt!“

„Ja, das kann sein“, sagte Kim. „Wir müssen zu Diotimos und ihn informieren.“

In diesem Moment flog die Tür zum Schuppen auf

und ein Windstoß fegte herein. Das Licht des Lämpchens begann zu zittern und erlosch. Mondlicht ergoss sich durch die offen stehende Tür. Darin zeichnete sich unscharf eine Silhouette ab. Dann schlug die Tür zu. Finsternis.

„Wer … wer ist da?“, fragte Julian voller Panik.

Die Antwort war ein unheilvolles Zischen. Dann bohrte sich ein Pfeil in die Quadriga. Und es näherten sich Schritte …

Der Schattenmann

„Weg!“, schrie Julian. Er sprang auf, stieß gegen die Quadriga und lief planlos durch den düsteren Schuppen. Seine Freunde hielten sich dicht hinter ihm. Julian stolperte über irgendetwas Hartes und fiel zu Boden. Plötzlich fühlte er Metall an seinen Händen. Er hatte eine Art Stange gefunden. Ohne groß zu überlegen, schleuderte er die Stange in die Richtung, in der er den Angreifer vermutete. Ein Schrei ertönte, dann ein unterdrückter Fluch. Julian grinste. Doch dann sauste wieder etwas durch die Luft – der nächste Pfeil! Die Freunde warfen sich flach auf den Boden, und das Geschoss verfehlte sein Ziel. Nun schnappten sich auch Leon und Kim Gegenstände, die in dem Durcheinander herumlagen und feuerten sie durch den Schuppen: Steine, ein Brett, schließlich ein Topf mit Fett zum Abschmieren. Und auch Kija war offenbar zur Attacke übergegangen. Jedenfalls hörten die Freunde ein böses Fauchen und erneute Schmerzenschreie.

„Kija, komm her!“, rief Kim angsterfüllt.

Plötzlich wurde die Tür aufgerissen, ein Schatten huschte hindurch, verfolgt von einer sprunggewaltigen Katze, die scheinbar nicht lockerlassen wollte.

„Kija!“, rief Kim erneut, und diesmal gehorchte das Tier. Erleichtert schloss das Mädchen die Katze in die Arme.

„Dem hast du es gezeigt, oder?“, fragte Kim leise.

Kija maunzte zufrieden.

„Wer war dieser Angreifer?“, fragte Julian. Seine Stimme zitterte leicht. „Arrhichion oder Kleoitas? Hat ihn jemand von euch erkannt?“

„Nein“, erwiderte Leon. „Vielleicht war es ja auch Elipa. Und …“

„Warte mal“, unterbrach Kim ihn. „Riecht ihr das auch? Feuer! Schnell raus hier!“

Die Freunde stolperten zur Tür und zogen sie auf. Flammen und beißender Qualm schlugen ihnen entgegen. Der Angreifer hatte die Tür von außen angezündet! Das Feuer hatte bereits den Rahmen erfasst.

Hustend brüllte Kim: „Wir müssen da durch!“

„Durch das Feuer?“, fragte Julian.

„Es gibt nur diesen Weg!“, schrie Kim. Sie packte Kija und drückte sie an sich. Dann wollte sie durch den bereits lichterloh brennenden Türrahmen rennen.

Doch Leon hielt sie zurück. „Deine Kleidung und deine Haare könnten Feuer fangen!“, warnte er.

„Wir haben keine Zeit mehr!“, entgegnete Kim und rannte mit der Katze durch die Flammen. Leon und Julian folgten ihr.

Es ging gut. Doch nun wurden Rufe laut. Das Feuer war bemerkt worden.

„Wir sollten uns verkrümeln, bevor man uns für die Brandstifter hält“, schlug Leon vor. Vorsichtig traten die Gefährten den Rückzug an. Unterdessen stürmten die ersten Helfer, darunter auch der Werkstattbesitzer, heran und bildeten eine Eimerkette.

Kurz darauf halfen auch die Freunde mit. Doch das Feuer breitete sich rasch aus. In einem Funkenregen fiel der Schuppen in sich zusammen.

„Die Quadriga ist vernichtet“, sagte Leon betrübt. Mit einem Mal war er sehr müde. „Wieder ein Beweisstück weniger ...“

„Genau das hat der Brandstifter gewollt!“, zischte Kim wütend, während sie einen Eimer weiterreichte.

Den Helfern gelang es wenigstens, ein Übergreifen der Flammen auf die Werkstatt zu verhindern.

„Mein Wagen, mein Wagen!“, ertönte da die Stimme von Diotimos. Jemand musste ihn und seine Familie informiert haben, die nun fassungslos vor den Trümmern des Schuppens stand.

„Reicht es denn nicht, dass ich das Rennen verloren habe und dass die Achse meines Wagens brach?“, klagte Diotimos. „Muss er auch noch ein Opfer der Flammen werden?“

Die Freunde traten an ihn heran.

„Es war Brandstiftung“, sagte Leon leise. Dann informierten sie den Rennfahrer über ihre Ermittlungen.

„Beim Zeus, das ist ja unglaublich!“, brüllte Diotimos. „Dahinter können nur Kleoitas und sein ebenso nichtswürdiger Bruder Arrhichion stecken!“

„Jetzt darf ich sie verprügeln, oder, Vater?“, fragte Milon voller Hoffnung.

„Ja! Und ich bin dabei!“, schnaubte Diotimos.

„Haltet ein!“, versuchte Philanor die beiden zu bremsen, aber es war sinnlos. Entschieden stapften sein Vater und sein Bruder zur Zeltstadt.

„Oje, das geht nicht gut“, jammerte Philanor, der den beiden hinterherlief. Auch die Gefährten waren ihnen gefolgt.

„Langsam“, versuchte auch Julian, Milon und Diotimos zu besänftigen. „Wir haben doch überhaupt keinen Beweis, dass die beiden dahinterstecken.“

Aber Diotimos wischte diese Bedenken beiseite. „Es liegt auf der Hand, dass sie es waren. Wer sonst hat von meiner Niederlage profitiert?“

Auf dem Zeltgelände war trotz der vorgerückten Stunde noch keine Ruhe eingekehrt. Vor den einfachen Behausungen loderten kleine Feuer. Weinbecher machten die Runde. Offenbar fand das Fest zu Ehren von Zeus hier seine Fortsetzung.

Das Zelt von Kleoitas und Arrhichion lag etwas abseits an einem Olivenhain. Im Schein einer Fackel hockten die Brüder davor und unterhielten sich. Als Diotimos mit seinem Gefolge heranrauschte, standen sie auf und starrten ihn feindselig an.

Sofort machte Diotimos den beiden heftige Vorwürfe. „Ihr braucht es gar nicht zu leugnen, ihr verfluchten Schurken", brüllte er. „Aber diesmal werdet ihr dafür bezahlen!"

Mit geballten Fäusten gingen Diotimos und Milon auf die Brüder zu. Jeder Muskel von Milons gewaltigem Körper war angespannt. Es war ein Furcht einflößender Anblick. Dennoch wichen Kleoitas und Arrhichion keinen Millimeter zurück.

„Nicht!", rief Kim. „Das bringt doch nichts!"

Aber niemand hörte auf sie.

„Sie hat Recht", ertönte da plötzlich eine Stimme aus der Dunkelheit. „Eine Prügelei ist wirklich das Allerdümmste."

Telestas war ins Licht getreten und funkelte die Gegner zornig an. „Was soll das werden? Ein Kampf auf Leben und Tod?"

„Sie haben mich um den Sieg betrogen und meinen Rennwagen zerstört", giftete Diotimos. In seinen Augen loderte ein gefährliches Feuer. „Und jetzt wird abgerechnet.“

Mutig stellte sich Telestas zwischen die Kampfhähne. „Und wie soll das enden, bei allen Göttern? Willst du, Milon, verletzt werden? Und willst du deshalb morgen nicht antreten können? Ist es das wert, Milon von Kroton?“

Der Riese zögerte.

„Nein, das ist es nicht. Und jetzt geht auseinander“, schlug Telestas vor.

Milon ließ die Fäuste sinken. Er schaute Hilfe suchend zu seinem Vater. Der nickte ergeben und wandte sich ab.

Die Freunde bemerkten, dass sich Milon nur mühsam beherrschen konnte. Mit zusammengekniffenen Lippen stapfte er hinter seinem Vater, Philanor und Telestas Richtung Gasthaus.

Niemand schenkte den Gefährten weiter Beachtung, die gemächlich zum Stall schlenderten.

„Ein Glück, dass Telestas kam. Sonst hätte es bestimmt noch eine Schlägerei gegeben“, vermutete Julian. „Lasst uns jetzt auch schlafen gehen. Ich bin hundemüde.“

„Nein“, sagte Kim. „Ich habe eine bessere Idee.“

Julian und Leon sahen sie fragend an.

„Lasst uns zum Zelt von Kleoitas und Arrhichion zurückschleichen. Ich würde die beiden gerne belauschen. Das Zelt steht doch ganz nah an den Olivenbäumen. Dort können wir uns bestimmt gut verstecken“, erläuterte Kim ihren Plan. „Und wenn wir Glück haben, können wir uns vielleicht sogar in ihr Zelt schleichen, wenn sie schlafen. Womöglich finden wir dort Pfeil und Bogen!“

Leon und Julian waren einverstanden. Und so pirschten sich die Gefährten wieder zurück zum Zelt der Verdächtigen. Kim hatte Recht: Im Olivenhain fanden sie hervorragend Deckung. Vorsichtig spähten die Freunde hinter den breiten Stämmen hervor.

Kleoitas und Arrhichion kauerten immer noch vor ihrem Zelt, tranken Wein und unterhielten sich leise. Doch was die Kinder vernahmen, war enttäuschend: Die Brüder unterhielten sich lediglich über den bevorstehenden Ringkampf und die Taktik, die Kleoitas anwenden wollte, um den mächtigen Milon zu besiegen. Es fiel kein verdächtiges Wort.

Ratlos und ein wenig enttäuscht schauten sich die Freunde an.

Plötzlich knackte es. Als wäre jemand auf einen trockenen Ast getreten. Das Geräusch kam aus dem Hain, dort, wo es besonders dunkel war. Die Augen der Gefährten wurden schmal. Wieder ein Knacken. Julian schluckte. Wer war das?

In diesem Moment tauchte ein Schatten auf und kam im Schutz der Stämme rasch näher! Von der Größe her glich er genau dem Unbekannten, gegen den sich die Gefährten vorhin im Schuppen gewehrt hatten. Die Freunde tauchten hinter den Baumstämmen ab und machten sich so klein wie möglich. Kija kuschelte sich in Kims Armbeuge. Ihr Körper bebte.

Der Unbekannte blieb stehen. Dann ging alles blitzschnell. Die Gestalt zog etwas unter dem Umhang hervor. Ein Bogen! Sekunden später sauste ein Pfeil durch die Nacht. Ein grässlicher Schrei ertönte. Die Gestalt drehte sich um und verschwand zwischen den Bäumen.

Entsetzt kamen die Freunde aus dem Schutz der Stämme hervor und liefen zum Zelt der Brüder. Davor lag Kleoitas auf dem Boden. Er schrie vor Schmerzen und presste beide Hände um seinen linken Oberschenkel, in dem ein Pfeil steckte.

„Das war Milon!“, brüllte er. „Er hat Angst vor dem Kampf mit mir gehabt. Deshalb hat er mich verletzt!“

Von den umliegenden Zelten stürzten Schaulustige herbei.

„Er braucht einen Arzt! Kommt, wir holen Telestas“, sagte Kim und rannte auch schon los.

Unterwegs keuchte sie: „Ich bin sprachlos. Wir hatten doch Kleoitas im Verdacht. Und jetzt ist er selbst Opfer …“

„Vergesst Elipa nicht“, warf Julian ein, als das Gasthaus vor ihnen auftauchte. „Ihre Rolle ist immer noch nicht geklärt. Aber jetzt lasst uns erst einmal Telestas holen!“ Plötzlich blieb er wie angewurzelt stehen.

„Was hast du?“, wollten Kim und Leon wissen.

Julians Gedanken überschlugen sich, ihm war ein furchtbarer Verdacht gekommen. „Ich habe eine Theorie“, stieß er atemlos hervor. „Wir wissen, dass der Täter aus Kroton stammt und dass er schreiben kann, wozu in diesen Zeiten nur die wenigsten in der Lage sind. Und wir wissen, dass er sich mit Kräutern und Giften gut auskennt. Da bleibt eigentlich nur einer übrig.“

Ein heikler Auftrag

„Telestas“, brach es aus Julian hervor, während er weiterging. Ihm selbst kam dieser Verdacht ungeheuerlich vor. Aber je länger er darüber nachdachte, umso klarer wurde das Bild.

Seine Freunde blickten ihn entgeistert an.

„Das kann ich mir nicht vorstellen“, sagte Kim. „Telestas gehört doch mittlerweile schon fast zur Familie von Diotimos!“

Auch Leon war nicht überzeugt. „Welches Motiv sollte er haben?“

„Geld!“, rief Julian. „Er hat schließlich gewettet.“

„Ja, aber er hat auf die falschen Sportler gesetzt“, wandte Leon ein. „Und was ist mit Elipa? Auch sie haben wir schließlich im Verdacht.“

Die Freunde hatten das Gasthaus fast erreicht.

Julian winkte ab. „Ich bleibe dabei: Telestas ist unser Mann. Auf ihn passt einfach alles. Und wer weiß: Vielleicht hat er noch ganz andere Wetten abgeschlossen …“

„Das verstehe ich nicht“, sagte Kim.

„Telestas hat nur kleine Summen auf Philanor und Diotimos gesetzt, um nicht aufzufallen“, erklärte Julian. „Aber vielleicht hat er weitaus größere Summen auf die siegreichen Gegner der beiden gewettet! Und nachdem er die Favoriten ausgeschaltet hatte, strich er viel größere Beträge für seine Außenseiter-Tipps ein.“

„Eine abenteuerliche Theorie“, urteilte Kim.

„Und durch nichts zu beweisen“, ergänzte Leon.

„Womöglich doch“, sagte Julian. „Wenn meine Theorie richtig ist, müsste Telestas jetzt über eine Menge Drachmen verfügen. Und es gibt nur eine Möglichkeit, das herauszufinden.“

Sie standen vor dem Eingang des Gasthauses.

„Die wäre?“, wollten Kim und Leon wie aus einem Mund wissen.

„Wir müssen seinen Geldbeutel untersuchen“, schlug Julian leise vor. „Gleich heute Nacht!“

„Du bist verrückt!“, stieß Kim hervor. „Den wird Telestas doch immer bei sich tragen.“

„Nicht, wenn er schläft …“

Leon grinste. „Du willst dich in sein Zimmer schleichen und nachsehen?“

„Genau das!“

Leon blies die Backen auf. „Das ist verrückt! Aber vielleicht sogar machbar.“

„Aber erst müssen wir Telestas zu Kleoitas schicken. Er braucht dringend Hilfe!“, mahnte Kim.

Sie rannten zum Zimmer des Arztes und alarmierten ihn. Telestas wirkte völlig entsetzt. Unverzüglich machte er sich auf den Weg. Die Freunde beobachteten ihn. Am Gürtel schien er keinen Geldbeutel zu tragen. Aber sein Chiton beulte sich auf Höhe der Brust verdächtig aus. Ob Telestas dort den Beutel mit den Drachmen versteckt hatte?

Der Arzt versorgte Kleoitas. Er entfernte den Pfeil, säuberte die Wunde und verband sie schließlich.

„Tja“, sagte Telestas, als er fertig war. „Es ist eine tiefe Fleischwunde. Aber wenigstens ist kein Muskel verletzt, soweit ich das beurteilen kann.“

„Zum Glück, beim Zeus!“, rief Kleoitas. „Dann kann ich ja morgen kämpfen!“

Der Arzt schüttelte den Kopf. „Nein, das kannst du natürlich nicht“, sagte er sachlich.

„Aber ich muss es tun!“, beharrte der Ringer.

„Blödsinn“, erwiderte Telestas leicht verärgert. „Die Wunde würde sich sofort wieder öffnen. Vergiss es!“

Kleoitas war störrisch wie ein kleines Kind. „Nein, nein, nein!“, schrie er.

Der Arzt blickte zum Himmel. „Du hättest mit dieser Verletzung keine Chance. Überzeugt dich das?“

„Na gut“, entgegnete Kleoitas mürrisch. „Und das

erinnert mich an Milon, diesen Schurken. Ich verlange, dass er verhaftet wird. Er hat auf mich geschossen!"

„Rede keinen Unfug, beim Apollon!", rief jemand der Schaulustigen. „Du hast ihn doch gar nicht gesehen!"

Nur widerwillig gab der Ringer nach.

Telestas erhob sich seufzend und schlenderte zurück zum Gasthaus.

Nach einer Weile folgten die Freunde ihm.

„Bestimmt wird Telestas den Beutel ablegen, wenn er ins Bett geht. Also warten wir, bis er schläft", schlug Julian vor. „Dann schleichen wir uns in sein Zimmer."

Kim glaubte, sich verhört zu haben. „Wir?"

„Nun ja, *einer* von uns sollte diesen Auftrag übernehmen", präzisierte Julian.

Kim grinste. „Klar, einer reicht, nämlich du!"

Julian nickte tapfer. Es war schließlich seine Idee gewesen. Aber jetzt, wo der Einsatz näher rückte, bekam er es mit der Angst zu tun. Wie sollte er überhaupt in das Zimmer gelangen?

„Wir lassen dich nicht allein", sagte Kim schnell. „Wir werden aufpassen, dass dir niemand in die Quere kommt."

Leon klopfte Julian auf die Schulter. „Ich mach's", sagte er. „Habt ihr Telestas' Brustbeutel gesehen? Inzwischen überzeugt mich deine verrückte Idee immer mehr, Julian ..."

Julian war erleichtert.

Die Freunde zogen sich in ihr Zimmer zurück und warteten, bis im Gasthaus völlige Stille eingekehrt war.

Wenig später öffnete Leon die Tür und spähte auf den Flur. Die Luft war rein. Auf Zehenspitzen schlich er den Gang hinunter ins angrenzende Gasthaus und erreichte schließlich Telestas' Zimmer. Seine Freunde folgten ihm und behielten den Flur im Auge, um Leon notfalls zu warnen.

Jetzt erreichte Leon endlich das Zimmer des Arztes. Er beugte sich zum Schlüsselloch hinunter und spähte hindurch. Das Zimmer lag im Dunkeln. Mit klopfendem Herzen drückte der Junge die Klinke herunter. Nichts. Natürlich, die Tür war verschlossen. Doch Leon gab noch nicht auf. Bestimmt hatte das Zimmer ein Fenster zum Innenhof …

„Ich wage einen zweiten Versuch im Hof", flüsterte Leon seinen Freunden zu.

Wenig später schlichen sie in den mit kleinen Götterfiguren geschmückten Hof, in dessen Mitte sich ein Wasserspeier befand. Leon sah zu seiner Freude, dass es jede Menge Fenster zum Innenhof gab. Rasch hatten sie das gefunden, das zu Telestas' Zimmer gehören musste. Das Fenster stand offen! Vermutlich hatte es der Arzt in der heißen Nacht geöffnet, damit etwas Luft hereinstrich.

Leon blickte sich um. Nur Julian, Kim und Kija, die mit weit aufgerissenen Augen die Szene beobachtete, waren zu sehen. Er holte tief Luft. Dann schwang er sich geräuschlos auf das schmale Fenstersims und schaute in Telestas' Raum hinein. Im Mondlicht konnte er nur schemenhaft etwas erkennen. Leon sah die Umrisse eines Bettes, auf dem jemand lag. Daneben stand eine Art Beistelltisch. Unmöglich zu sagen, ob der Arzt dort etwas abgelegt hatte.

Leon trat der kalte Schweiß auf die Stirn. Er musste in das Zimmer hinein. Ganz vorsichtig ließ er sich vom Sims hinuntergleiten. Jetzt stand er im Zimmer und lauschte. Vom Bett kam leises Schnarchen. Gut so! Leon wagte sich weiter vor und erreichte das Tischchen.

Da lag ein Beutel! Leon streckte die Finger danach aus. Feines Leder. Behutsam zog er an der Schnur, die den Beutel zusammenhielt. Im Mondlicht blitzten Münzen auf. Leon rieselte ein Schauer den Rücken hinunter. Julian hatte Recht gehabt. Telestas besaß eine große Summe Geld, eine verdächtig große Summe!

Der Schütze auf dem Dach

Am nächsten Morgen saßen die Freunde gähnend auf ihren Pritschen. Nach Leons Entdeckung hatten sie kaum geschlafen.

„Eine Menge Geld, aber immer noch kein Beweis", sagte Kim. Neben ihr streckte sich Kija ausgiebig. Sie wirkte im Vergleich zu ihren Freunden bereits ziemlich munter.

„Ja, leider", stimmte Julian ihr zu. „Und ich fürchte, dass Milon in Gefahr schwebt. Immerhin ist er der Favorit bei den Ringkämpfen. Wenn jemand beim Wetten richtig Kasse machen will, dann setzt er auf den Außenseiter und sorgt dafür, dass der eigentliche Favorit verliert."

Leon erhob sich von seiner schmalen Schlafstätte. „Noch haben wir etwas Zeit. Die Wettkämpfe beginnen erst am Nachmittag."

„Was hast du vor?", fragte Julian.

„Wie müssen nachweisen, dass Telestas' Reichtum von seinen Wetten stammt. Vielleicht kann uns dieser

Eupolos weiterhelfen, bei dem Telestas seine Wetten platziert! Nur wie?“

Kim schnippte mit den Fingern. „Ich habe eine Idee, Jungs! Erinnert ihr euch, dass sich Eupolos immer Notizen gemacht hat? Er führt Buch über die Wetten! Also hat er sich womöglich auch alle Einsätze von Telestas aufgeschrieben!“

Den Vormittag mussten die Freunde im Stall verbringen und die Pferde pflegen, während Kija durch das Stroh schoss und Mäuse jagte. Doch am frühen Nachmittag waren sie fertig. Und da niemand weitere Aufträge für sie hatte, verließen sie ihren Arbeitsplatz und liefen zum Stadion, um Eupolos zu suchen. Wie an den Vortagen herrschte dichtes Gedränge auf der Altis. Seit dem Vormittag liefen die Wettkämpfe. Gerade waren die Laufwettbewerbe der Erwachsenen unter dem Jubel der Zuschauermassen beendet worden. Die Freunde ärgerten sich, dass sie die Wettkämpfe verpasst hatten. Sie schoben sich ziellos durch das Gewusel, konnten aber Eupolos nirgends entdecken.

Schließlich war es Kija, die ihnen half. Unvermittelt miaute sie laut und lief genau in die entgegengesetzte Richtung.

Verblüfft folgten Julian, Kim und Leon dem Tier. Schließlich kannten sie die rätselhafte und äußerst hilfreiche Gabe der talentierten Katze, bestimmte Menschen oder Dinge ausfindig zu machen. So war es auch diesmal. Kija führte sie schnurstracks zum Stand eines Süßwarenhändlers. Und genau davor lungerte niemand anderes als Eupolos mit seinem Holzbrettchen. Offenbar hielt er Ausschau nach Kunden.

Kim trat an ihn heran und fragte mit einem freundlichen Lächeln: „Na, wie laufen die Geschäfte?“

Eupolos schaute sie missmutig an. „Was geht dich das an? Willst du eine Wette abschließen?“ Schon zog er den Federkiel hinter dem Ohr hervor.

„Vielleicht“, erwiderte Kim ausweichend. Ihr fiel siedend heiß ein, dass sie überhaupt kein Geld dabei hatte.

„Vielleicht gibt es bei mir nicht“, erwiderte Eupolos unwirsch.

Kim grinste verlegen. „Ich müsste erst einmal wissen, auf wen ich wetten soll. Wer ist denn der Favorit bei den Ringkämpfen?“

„Milon, wer sonst?“

„Dann hat Telestas sicher auch auf ihn gewettet, oder?“, setzte Kim nach.

Die Augen des Mannes wurden schmal. „Ich gebe nie Auskunft über die Wetten meiner Kunden, beim Ares!“

„Verstehe.“ Kim schaute ihre Freunde an. „Äh, hat jemand zufällig eine Drachme dabei?“

Leon und Julian verneinten.

Eupolos verdrehte die Augen. „Ihr stehlt mir die

Zeit. Ah, da kommt ein besserer Kunde, als ihr es je sein werdet."

Zur Überraschung der Gefährten kreuzte in diesem Moment Telestas auf. Höflich begrüßte er die Kinder und setzte dann eine geringe Summe auf Milon.

„Gut angelegtes Geld. Milon ist unbezwingbar", rief der Arzt zuversichtlich. „Zumal Kleoitas nicht teilnehmen kann. Wie schade. Das wäre sicher ein packender Kampf geworden."

„Mit Sicherheit. Aber auch so erwarte ich gute Wettkämpfe", sagte Eupolos, während er den Wetteinsatz notierte. Dann wandte er sich an die Freunde. „Was ist jetzt mit euch? Wollt ihr endlich eine Wette abschließen oder nicht?"

Kim, Leon und Julian schüttelten die Köpfe und wurden prompt von Eupolos vertrieben. Sie bezogen hinter einem Stand mit Lederwaren Posten und behielten Telestas und Eupolos im Auge. Die Männer sprachen noch eine Weile miteinander. Dann verabschiedete sich der Arzt und tauchte in der Menge unter. Eupolos tätigte noch ein paar Geschäfte. Danach verließ auch er seinen Standort und lief in Richtung der Zanes-Säulen.

Die Freunde blickten sich an. Ein kurzes Nicken. Alles klar, hieß das. Sie liefen Eupolos hinterher.

Der Mann schlängelte sich durch die Besuchermassen, verließ die Altis und steuerte auf die Zeltstadt in der Nähe des Gasthauses der schönen Elipa zu. Dort verschwand er in einem unauffälligen Zelt.

„Wenn wir doch nur einen Blick auf seine Notizen werfen könnten“, wisperte Kim.

„Seht mal, er kommt wieder raus!“, zischte Leon in dieser Sekunde und zog seine Freunde hinter einen Karren.

Eupolos stapfte in Richtung Gasthaus davon.

„Er hat sein Holzbrett nicht mehr dabei!“, sagte Julian.

„Bestimmt hat er es im Zelt gelassen“, raunte Kim. „Die Chance dürfen wir uns nicht entgehen lassen!“

Schon flitzte das Mädchen zu Eupolos’ Zelt. Und bevor Julian oder Leon sie stoppen konnten, war Kim hineingeschlüpft, nachdem sie sich kurz vergewissert hatte, dass niemand sie beobachtete. Leon und Julian hatten keine andere Wahl. Sie schlüpften ebenfalls in das Zelt.

„Oje, was herrscht denn hier für ein Durcheinander!“ Kim stöhnte. In dem Zelt regierte das Chaos. Auf dem Boden waren Kleidungsstücke verstreut. In einer Ecke lagen ein Messer und ein Teller samt einigen Essenresten. Neben dem zweiten Zugang an der Rückseite des Zeltes stand ein kleiner, aus wenigen Steinen errichteter Altar mit einer einfachen Zeusstatue aus Holz.

„Da!“, stieß Kim hervor und deutete auf einen Stapel

mit Papyrusrollen neben der Matte, die Eupolos als Bett diente.

Die Freunde stürzten sich auf die Rollen und breiteten sie eine nach der anderen auf dem Boden aus. Sie schwitzten. Das lag nicht nur an der Hitze, die auch heute wieder über Olympia brütete. Die Angst vor Eupolos' Rückkehr trieb ihnen die Schweißperlen auf die Stirn. Fieberhaft überflogen sie den Inhalt der Schriften.

Und endlich, endlich hatte Kim das in den Händen, wonach sie gesucht hatten: eine fein säuberlich zusammengetragene Liste mit Namen und Geldbeträgen!

„Seht nur!", stieß Kim außer Atem hervor. „Hier stehen auch die Wetten von Telestas. Ich fasse es nicht! Er hat wirklich nur ganz kleine Beträge auf Philanor und Diotimos gesetzt und weitaus größere auf ganz andere Sportler, zum Beispiel auf Arrhichion."

Julian deutete auf die untere Hälfte des Papyrus. „Dort hat Eupolos seine Einnahmen und Auszahlungen notiert. Daraus geht Telestas als großer Gewinner hervor. Endlich haben wir den Beweis, den wir so lange gesucht haben! Nichts wie weg."

Julian rollte den Papyrus zusammen und wollte mit seinen Freunden aus dem Zelt flitzen.

Doch sie kamen nicht weit. Denn im Eingang erschienen plötzlich zwei Männer: Eupolos und Telestas!

Grob stießen sie die Freunde zurück ins Zeltinnere. Nur Kija konnte entwischen: Sie huschte durch Telestas' Beine.

„Ihr kommt euch wohl ganz schlau vor, wie?“, höhnte Eupolos. In seiner Hand blitzte ein Dolch auf.

„Äh, wir wollten gerade wieder ...“, hob Julian an.

„Halt die Klappe!“, würgte Telestas ihn ab. „Glaubt ihr denn, wir hätten nicht bemerkt, dass ihr uns nachspioniert? Diesmal haben wir den Spieß umgedreht: Wir haben euch beobachtet. Und dabei haben wir gesehen, wie ihr in das Zelt gekrochen seid. Meint ihr denn, Eupolos wäre so dumm, seine Schriftrollen hier offen herumliegen zu lassen? Aber jetzt ist Schluss mit diesem Spiel!“

Kim deutete auf den Papyrus: „Du hast die Spiele manipuliert, Telestas, um viel Geld bei den Wetten zu gewinnen!“

Der Arzt lächelte. „Wie Recht du hast, beim Zeus! Diotimos bezahlt meine Dienste nicht angemessen. Also habe ich mir einen schönen Nebenverdienst gesichert. Erst sorgte mein lieber Freund Eupolos dafür, dass andere Spieler möglichst viel Geld auf die großen Favoriten wie Diotimos oder Philanor setzten, dann wettete ich auf den Zweitbesten und sorgte dafür, dass er auch siegte. Eupolos ist der ideale Partner für mich. Denn wenn ich bei jemandem gewettet hätte, der nicht in meinen guten Plan eingeweiht gewesen wäre, wäre aufgefallen, dass ich viel mehr Geld auf einen der Außenseiter als auf den Favoriten gesetzt habe. Natürlich habe ich meinen Freund an meinen hohen Gewinnen beteiligt."

Eupolos spielte mit dem Dolch. „So ist es!"

„Dann hat einer von euch auf Milon und seine Familie geschossen, als sie beim Trainieren waren!", rief Julian.

Telestas deutete eine höhnische Verbeugung an. „Mit Verlaub, das war meine Wenigkeit!"

Kims Augen wurden schmal. „Und du warst es natürlich auch, der etwas in Philanors Wein geschüttet hat, oder?"

„Wieder richtig", lobte Telestas. „Als Arzt kenne ich mich natürlich mit allerlei Mittelchen aus. Mit Baldrian zum Beispiel. In einer richtig hohen Dosis macht das Zeug ziemlich schlapp. Ich wollte Philanor ja nicht töten, sondern nur schwächen. Ich musste nur auf eine günstige Gelegenheit warten, um ihm etwas Pulver in den Becher zu schütten. Dieser Moment ergab sich, als eine Musikkapelle am Fenster des Gasthauses vorbeizog und niemand auf den Becher achtete …"

Leon machte eine Grimasse. „Das ist einfach nur widerlich. Du hast einen jungen Sportler heimtückisch um seine Siegchance gebracht! Aber vermutlich wurde auch Philanors Vater ein Opfer deiner Geldgier. Bestimmt hast du die Achse von Diotimos' Rennwagen angesägt!"

„Klar", gab Telestas unumwunden zu. „Damit sorgte ich dafür, dass Arrhichion siegte. Der Gute wusste übrigens gar nichts von meiner Aktion. Ich hatte gehofft, dass Diotimos aus Angst gar nicht erst beim Rennen antreten würde – schließlich hatte ich ihm eine Fluchtafel vor die Tür gelegt. Aber die hatte ihn nicht beeindruckt. Also musste ich zu etwas härteren Mitteln greifen. Meine Stunde schlug, als ihr alle kurz vor dem Start zum Altar gelaufen seid, um Zeus ein Opfer zu bringen. Dummerweise kamt ihr mir auf die Spur. Ihr habt begonnen, mich zu beobachten. Doch das ist mir nicht entgangen. Und so ließ auch ich euch nicht mehr aus den Augen. So bekam ich auch mit, wie ihr euch nachts in die Werkstatt geschlichen habt, vermutlich, um den kaputten Rennwagen zu untersuchen."

Die Freunde nickten.

„Leider habe ich euch mit den Pfeilen im Dunkeln verfehlt." Aufrichtiges Bedauern lag in Telestas' Stimme. „Aber wenigstens konnte ich euer Beweisstück vernichten, indem ich den Schuppen angezündet habe!"

„Und was ist mit Elipa?", fragte Leon. „Welche Rolle spielt sie?"

Telestas und Eupolos sahen ihn überrascht an.

„Elipa hat nichts mit der Sache zu tun“, sagte Telestas. „Ich habe ihr nur ab und zu ein paar Mittelchen verkauft. Nachts kam ich in die Wirtschaft, um sie zu beliefern. Ich gab ihr angeblich wundersame Pulvermischungen aus Sanddorn, Holunder und Mistel, die stark machen sollen. Elipa verkauft sie an Athleten wie Kleoitas weiter. Die Sportler sind ganz verrückt nach dem Zeug. Viele meinen, dass sie es brauchen, um bei den Wettkämpfen zu siegen. Gerade Ringer wie Kleoitas, der großen Respekt vor Milon hat.“

„Kleoitas“, sagte Julian. „Warum hast du auch ihn verletzt?“

„Weil ich mir nicht sicher war, wer von den beiden gewinnen würde“, erläuterte Telestas. „Ich habe Milon und Kleoitas bei den Vorbereitungen in Elis beobachtet. Milon ist vermutlich der bessere Ringer, aber sicher bin ich mir wie gesagt nicht. Also werden wir nach Kleoitas auch Milon ausschalten. Ich habe bereits ein hohes Sümmchen auf einen gewissen Kolotes gesetzt. Bisher hat er nur Außenseiterchancen. Aber das wird sich gleich ändern …“

„Genug gequatscht“, rief Eupolos jetzt dazwischen. „Schließlich müssen wir noch etwas erledigen.“

Der Arzt lachte hell auf. „Stimmt, wir müssen Milon erledigen.“

Sein Komplize stimmte in das Lachen ein. Doch

schlagartig wurde er wieder ruhig. „Was sollen wir mit den dreien anstellen? Soll ich sie töten?“ Eupolos fragte das so beiläufig, als spräche er über das Wetter.

Leon, Kim und Julian wechselten panische Blicke.

„Nein“, sagte Telestas. „Verkauf sie lieber auf dem Sklavenmarkt. Das bringt noch ordentlich Geld.“

Eupolos war einverstanden. „Ich werde sie nachher nach Elis bringen. Hilf mir, die drei zu verschnüren. Dann werfen wir sie auf den Karren hinter meinem Zelt. Da stören sie nicht.“ Er schnappte sich Julian und bedrohte ihn mit dem Messer. Dann schnauzte er Kim und Leon an: „Lasst euch von Telestas fesseln. Wenn ihr Dummheiten macht, werde ich eurem Freund sehr wehtun müssen.“

Angesichts dieser Drohung gaben Kim und Leon jeden Gedanken an einen Fluchtversuch auf. Widerstandslos ließen sie sich fesseln und knebeln. Anschließend war Julian an der Reihe.

Unterdessen unterhielten sich die beiden Männer.

„Es bleibt wie geplant“, sagte Telestas sachlich. „Ich gehe zurück zu Diotimos und den anderen, damit sie keinen Verdacht schöpfen. Du legst dich auf die Lauer und schießt Milon nieder, sobald er auf dem Weg ins Stadion dort vorbeikommt.“

„In Ordnung, aber dieser Schuss kostet dich eine ganze Menge“, entgegnete Eupolos in geschäftlichem

Ton. Er ging zur Schlafmatte und zog Pfeil und Bogen darunter hervor. „Danach werde ich sofort mit dem Karren und den Kindern nach Elis aufbrechen."

„So sei es, beim Ares!", rief Telestas. „Aber jetzt lass uns diese Spitzel auf den Karren laden. Gleich wird die Prozession mit den Sportlern aufmarschieren. Wir müssen uns beeilen!"

Eupolos schob den Karren ganz dicht an den hinteren Eingang des Zeltes. Dann hievten sie die Gefährten auf die Ladefläche, die von einer Plane verdeckt wurde. Hilflos lagen die Freunde dort neben zwei *Amphoren*, unfähig, sich rühren.

Julian war völlig verzweifelt. Sie waren diesen Mistkerlen absolut ausgeliefert. Und gleich würde Eupolos auf Milon schießen.

Jeden Moment beginnt die feierliche Prozession, dachte Julian. Stolz werden die Sportler durch das Spalier der Zuschauer zum Stadion ziehen, Blumen werden auf sie herabrieseln. Das Publikum wird die Athleten anfeuern. Milon wird auch dabei sein, begleitet von seinem Vater und seinem Bruder und einem skrupellosen Arzt. Und irgendwo wird ein Mann lauern. Ein Heckenschütze mit Pfeil und Bogen …

Der heilige Kranz

Julian versuchte, die Fesseln zu lösen. Aber sosehr er seine Hände auch drehte, er konnte sich nicht befreien. Er warf einen Blick zu Leon und Kim. Die beiden waren ebenfalls damit beschäftigt, die Fesseln loszuwerden. Doch auch ihnen gelang es nicht.

Ein vertrautes Miauen ließ sie Hoffnung schöpfen. Mit einem eleganten Satz sprang Kija auf die Laderampe und rieb ihren hübschen Kopf an den Freunden.

Kim hielt dem Tier ihre gefesselten Hände unter das Näschen, in der Hoffnung, dass Kija damit beginnen würde, den Strick durchzuknabbern. Doch zu Kims Enttäuschung wandte sich die Katze ab – so, als habe sie etwas Besseres vor.

Das geknebelte Mädchen gab ein paar undefinierbare Laute von sich, die die Katze jedoch nicht beeindruckten. Kija schaute von Kim zu Leon, von Leon zu Julian und von Julian zu den beiden Amphoren, die auf der einen Seite der Ladefläche standen. Plötzlich kam Bewegung in das Tier. Sie glitt zur ersten Amphore, die etwa einen Meter hoch war. Dann nahm sie Anlauf und sprang gegen das Tongefäß. Es kippelte, fiel aber nicht um.

Kims Augen leuchteten. Sie begriff, was die schlaue Katze vorhatte. Kija nahm noch mehr Anlauf und diesmal hatte sie Erfolg: Die Amphore legte sich wie in Zeitlupe zur Seite und schepperte auf die Ladefläche des Karrens. Dabei brach sie in mehrere Teile entzwei. Kija schob mit ihrer Tatze eine der Scherben zu Kim. Diese bekam sie zu fassen und mit einigen Verrenkungen gelang es ihr, die Scherbe so an die Fessel zu setzen, dass sie wie eine kleine Säge funktionierte. Kim schnitt, hobelte, feilte und raspelte an dem Seil herum. Ihre Handgelenke pochten höllisch. Doch Kim gab nicht auf. Und schließlich hatte sie es geschafft!

Kim bekam die Hände frei. Erleichtert riss sie sich den Knebel aus dem Mund, löste dann die Fesseln an ihren Füßen und befreite anschließend ihre Freunde.

Glücklich drückte Kim die Katze an sich. „Was würden wir nur ohne dich machen?“, flüsterte sie.

„Schmusen könnt ihr später!“, sagte Leon. „Wir müssen Milon warnen!“

Schon wurde ganz in der Nähe Flötenmusik laut.

In Elipas Reich folgte die Ernüchterung: Weder Milon noch Diotimos oder Philanor waren da!

Die Freunde stürmten zur Altis. Bereits am Tor kamen sie kaum noch vorwärts, so dicht drängten sich die Menschen. Mühsam kämpften sich die Gefährten voran. Kim trug Kija auf den Armen. Die Katze war überaus nervös. Sie hasste solchen Lärm. Mitten auf der Altis war das Gedränge noch stärker.

„Dort vorn müssen sie sein!“, sagte Julian. „Nimm mich mal huckepack, Leon.“ Er sprang auf Leons Rücken und hatte nun eine weitaus bessere Übersicht.

„Da vorn ziehen die Sportler zum Stadion!“, rief er. Er beschattete die Augen mit der Hand. „Und wenn mich nicht alles täuscht, ist Milon mitten unter ihnen. So ein breites Kreuz hat nur einer. Nichts wie hin!“

Aber sie kamen kaum noch voran. Der Zuschauerandrang war enorm. Offenbar wollte sich niemand die letzten Wettkämpfe dieser Olympischen Spiele entgehen lassen. Ganz langsam rückte die Masse Richtung Stadion.

Die Gefährten tauchten unter den Armen eines Händlers hindurch, der ein Tablett mit Backwaren durch die Menge manövrierte, umkurvten einen Handkarren mit Obst und gelangten schließlich zu einer Art menschlicher Mauer. Dahinter, so erkannten die Freunde auf Zehenspitzen, marschierte der Zug der Athleten vorbei. Sie sahen gerade noch den letzten Sportler und einen der Schiedsrichter.

„Milon!“, schrie Julian, obwohl er den Athleten gar nicht sehen konnte.

Niemand antwortete, niemand nahm Notiz von den drei Kindern und der Katze.

Gehetzt blickte sich Julian um. Es sah so aus, als würde es ihnen nicht gelingen, Milon zu warnen. Aber vielleicht konnten sie Eupolos stoppen! Wo konnte der Schütze lauern? Plötzlich geschah etwas Seltsames: Julian wurde völlig ruhig, er nahm den Trubel gar nicht mehr wahr. Seine ganze Konzentration galt dieser einen entscheidenden Frage: Wo steckte Eupolos? Klar war, dass der Schütze einen guten Standort brauchte. Julians Blick glitt über die Köpfe der Menschen hinweg Richtung Stadion. Julians Nackenhaare stellten sich auf: die Schatzhäuser! Der Zug der Athleten würde genau dort vorbeikommen. Und vom Dach eines Schatzhauses hätte Eupolos freies Schussfeld!

Rasch weihte Julian seine Freunde ein. Dann drehten sie um. Je weiter sie sich vom Zentrum der Altis entfernten, umso schneller kamen sie voran. Sie liefen in einem Bogen um die Massen herum und gelangten schließlich zu den Zanes. Die Athleten waren offenbar im Gedränge stecken geblieben. Die Gefährten hatten also noch ein wenig Zeit. Doch in wenigen Minuten würden die Sportler genau hier vorbeikommen.

Julian schaute hinauf zu den Dächern der Schatzhäuser. Dort war nichts Verdächtiges zu sehen! Hatte er mit seinem Verdacht falsch gelegen? Julians Herzschlag dröhnte in seinen Ohren. Die Musik kam immer näher!

Doch da, ein Schatten auf einem der Dächer! Julian sah genauer hin. Hinter einem der Sockel, der eine Zeusstatue trug, kauerte eine Gestalt! Jetzt tauchte sie komplett hinter der Statue ab. Doch Julian hatte genug gesehen. Das musste Eupolos sein! Er informierte Kim und Leon.

„Da oben lauert ein Bogenschütze!“, brüllten die drei Kinder.

„Wo denn? Ich sehe niemanden“, sagte ein Mann.

Julian suchte den Boden mit den Augen ab und fand das, was er suchte: einen Stein. Entschlossen schleuderte er ihn auf die Zeusstatue.

„Bist du verrückt geworden?“, herrschte der Mann ihn an.

Aber Julian ließ sich nicht stoppen. Auch Leon und Kim beteiligten sich an dem Bombardement. Plötzlich erklang ein Schrei. Offenbar hatte einer der Gefährten den Schützen getroffen. Hinter der Statue tauchte ein Mann mit Pfeil und Bogen auf: Eupolos! Er warf die Waffe weg und versuchte, am Schatzhaus herunterzuklettern.

„Haltet ihn auf!“, schrie Kim.

Es gab einen regelrechten Tumult. Ein paar kräftige Männer erwarteten Eupolos, als sich dieser vom Dach hangelte. Irgendjemand alarmierte die Wachen, die Eupolos festnahmen.

„Was geht hier vor?“, wollte einer der Wachmänner wissen.

Julian, Kim und Leon schoben sich nach vorn und erklärten alles. Als Eupolos sie sah, fielen ihm fast die Augen aus dem Kopf. Er ließ den Kopf hängen und legte ein Geständnis ab.

„Aber es war nicht meine Idee!“, sagte er wütend. „Telestas steckt dahinter!“

Vor dem Stadioneingang stoppten die Wachleute den Zug der Sportler. Die Freunde sahen, wie auch der völlig verblüffte Telestas verhaftet wurde.

Milon wollte den Arzt zunächst verteidigen, aber dann klärten die Gefährten ihn über Telestas’ Doppelleben auf. Milon, aber auch Diotimos und Philanor, waren entsetzt.

„Ist das alles wahr?“, fragte Milon tonlos.

Kaum merklich nickte Telestas.

Milon knirschte mit den Zähnen.

„Lass ihn“, riet sein Vater.

„Und was ist mit deinem Wagenrennen, Diotimos?“, wollte Julian wissen. „Und dem Lauf von Philanor? Müssen diese Wettkämpfe nicht wiederholt werden?“

Diotimos seufzte. „Nein“, erwiderte er. „Das war der Wille der Götter. Wettkämpfe werden niemals wiederholt. Bei den nächsten Spielen werden jedoch *wir* triumphieren! Und Telestas' und Eupolos' Namen werden wir auf einer der Zanes wiederfinden!"

Grimmig wandte sich Milon ab. „So sei es, beim Zeus! Und jetzt will ich kämpfen!", brüllte er.

Die Menge jubelte ihm zu. Und während die Täter abgeführt wurden, füllte sich das Stadion bis auf den letzten Platz. Auf der Tribüne saßen die Freunde neben Diotimos und Philanor. Vater und Sohn hatten sich mehrfach bei Kim, Julian und Leon bedankt. Doch jetzt galt ihre Aufmerksamkeit wieder ganz den Spielen.

Milon war noch stärker als sonst. Die Wut über Telestas' Verrat schien sein Blut zum Kochen gebracht zu haben. Wie ein wilder Stier stürmte er auf seine bemitleidenswerten Gegner zu.

„Wer es schafft, den Gegner dreimal niederzuwerfen, der hat gewonnen", erklärte Philanor. „Alles ist erlaubt. Du darfst dem anderen nur nicht die Knochen brechen oder einen Finger ins Gesicht bohren."

Julian schluckte.

Mühelos rang Milon einen nach dem anderen nieder. Oft dauerten die Kämpfe nur wenige Minuten.

Dann kam das Finale.

„Jetzt wird es mein Brüderchen nicht mehr ganz so leicht haben. Sein nächster Gegner ist Kolotes. Der ist auch ein ganz schöner Brocken", sagte Philanor.

Er sollte Recht behalten. Die Männer waren etwa gleich groß. Die nackten, schweißglänzenden Oberkörper leicht gebeugt, standen sie sich gegenüber und belauerten sich. Schließlich ergriff Milon die Initiative. Er täuschte einen Griff zur linken Schulter seines Gegners an. Kolotes drehte sich zur Seite, um der Attacke zu entgehen und verlagerte dabei sein Gewicht auf das rechte Bein. In dieser Sekunde trat Milon ihm das Standbein weg, und Kolotes krachte zu Boden. Der Hellanodike gab Milon einen Punkt. Philanor, Diotimos und die Freunde sprangen auf und jubelten.

Kolotes kam wieder hoch. Ungestüm rannte er auf Milon zu, die Arme ausgestreckt, um Milon am Hals zu packen. Mit einer Eleganz, die die Gefährten einem Koloss wie Milon überhaupt nicht zugetraut hätten, wich dieser im letzten Moment aus. Er duckte sich, bekam Kolotes an den Armen zu fassen und schleuderte ihn erneut zu Boden. Wieder ein Punkt für Milon!

Nun war Kolotes sichtlich angeschlagen. Schwerfällig wie ein Bär tappte er auf Milon zu. Und der hatte jetzt leichtes Spiel. Eine geschickte Finte, ein verwirrender Ausfallschritt, eine blitzschnelle Drehung – und ehe sich Kolotes versah, hatte Milon ihn über die Schulter geworfen. Zum dritten Mal ging Kolotes zu Boden. Der Kampf war entschieden! Die Menge tobte und feierte ihren Helden: Milon von Kroton.

Auch Diotimos und Philanor waren total aus dem Häuschen.

„Ich hab's doch gewusst", stammelte Diotimos überglücklich, „dass es Milon wieder schafft!"

Unter ohrenbetäubendem Jubel überreichte der Schiedsrichter dem strahlenden Milon von Kroton einen Palmzweig.

Dann versammelten sich alle Sieger dieser Olympischen Spiele am Stadionausgang. In einer feierlichen Prozession zogen sie zum Zeustempel. Diotimos, Philanor und die Gefährten folgten ihnen.

„Das ist ja alles noch mal gut gegangen", sagte Kim zu ihren Freunden. Sie hatte Mühe, das Erlebte zu verarbeiten. Vor Kurzem hatten sie noch verzweifelt einen feigen Attentäter gejagt, jetzt liefen sie hinter einem glücklichen Sieger her. Das alles kam dem Mädchen unwirklich vor – wie ein böser Traum mit einem unerwartet schönen Ende.

Sie erreichten den Zeustempel. Davor lagen auf einem Tisch Zweige vom heiligen Olivenbaum. Die Sieger stellten sich in einer Reihe auf. Mit gemessenen Schritten traten die Schiedsrichter hinter den Tisch. Eine feierliche Stille legte sich über das Heiligtum. Gebannt verfolgte die Menge die Abschlusszeremonie dieser Olympischen Spiele.

Die Hellanodiken banden die Zweige zu Kränzen zu-

sammen. Dann verkündeten sie nacheinander die Namen der siegreichen Athleten und setzten ihnen je einen Kranz aufs Haupt. Und nun gab es wieder großen Applaus. Vor allem als Milon an der Reihe war. Der Athlet trug den kleinen Kranz wie eine Krone. Voller Stolz blickte er hinüber zu seiner Familie und den Kindern. Kim, Julian und Leon sahen, dass Tränen über das Gesicht des Riesen liefen. Milon, der Koloss aus Kroton, weinte vor Glück.

Später saßen sie alle bei der schönen Elipa und feierten. Die Wirtin ließ es sich nicht nehmen, Milon höchstpersönlich zu bedienen.

Der Ringer hatte gerade seine vierte Portion Hammelfleisch verdrückt, streichelte Kija, die zusammengerollt auf seinem Schoß lag und lauschte dem Bericht der Freunde. Immer wieder mussten Kim, Leon und Julian

erzählen, wie sie Telestas und Eupolos auf die Schliche gekommen waren. Dabei erwähnten sie lieber nicht, dass sie Elipa zu Unrecht verdächtigt hatten.

„Ihr habt mich gerettet“, sagte Milon und trank einen Schluck Wein. „Und deshalb möchte ich euch etwas schenken!“

Neugierig blickten die Freunde ihn an.

Da zog Milon seinen Siegerkranz hervor. Behutsam zupfte er drei Blätter ab und überreichte sie Kim, Leon und Julian.

„Das … das können wir nicht annehmen“, stammelte Julian.

„Doch, das könnt ihr“, erwiderte Milon mit Nachdruck. „Das müsst ihr sogar. Denn ein Teil meines Sieges gebührt euch.“

Es wurde eine lange Nacht. Erst am frühen Morgen gingen alle zu Bett.

Fast alle. Denn vor ihrem gemeinsamen Zimmerchen blieb Kim stehen. „Meint ihr nicht, dass wir lieber einen anderen Stall aufsuchen sollten?“, schlug sie vor und gähnte.

„Du meinst den Schafstall, wo wir zu Beginn unseres Abenteuers gelandet sind, nicht wahr?“, antwortete Leon.

„Genau den“, erwiderte Kim. „Die Spiele sind ja jetzt vorbei.“

Julian blickte zu Boden. „Ich finde es immer wieder blöd, dass wir uns nicht von unseren neuen Freunden verabschieden können."

Versonnen spielte Leon mit dem Blatt des Olivenbaumes. „Ja, aber das lässt sich nun mal nicht ändern …"

Kija maunzte energisch. In ihren schönen, smaragdgrünen Augen lag ein unternehmungslustiges Funkeln.

„Seht ihr, auch Kija spürt es: Es ist Zeit", sagte Kim. „Kommt, Jungs."

Sie ging voran. Im ersten Morgengrauen erreichten die vier Wanderer den einsamen, windschiefen Stall. Sobald die Freunde ihn betraten, fielen sie in ein dunkles Loch. Tempus holte sie heim nach Siebenthann.

Zurück blieben drei Blätter eines heiligen Olivenbaumes.

Sieger-Typen

Drei Tage nach ihrer Ankunft in Siebenthann liefen die Freunde über das bucklige Kopfsteinpflaster der Altstadt zum *Venezia*, der besten Eisdiele der Welt. Kija sprang aufgeregt um ihre Beine herum.

Die Sonne schien, und der Besitzer der Eisdiele hatte auf seiner Terrasse Tische und Stühle aufgestellt. Lächelnd begrüßte er seine Stammgäste. „Was darf's denn sein? Wie wär's mit dem WM-Becher?", fragte der Italiener, der ein begeisterter Fußball-Fan war.

Leon sah ihn überrascht an. „Fußball? Jetzt sind doch die Olympischen Spiele aktuell!"

„Kein Problem, ich habe erst heute Morgen einen Olympia-Becher erfunden!", erwiderte der Eisdielenbesitzer schnell.

„Und was ist da drin?"

„Pistazien-, Zitronen- und Erdbeereis!"

Kim überlegte einen Moment. „Das kommt mir irgendwie bekannt vor. Besteht der WM-Becher nicht auch aus genau diesen drei Sorten?"

Nun strahlte der Italiener. „Stimmt! Es sind die Farben meines Heimatlandes, die Farben unserer Flagge. Wir Italiener haben schließlich die Fußballweltmeisterschaft 2006 gewonnen. Und bei diesen Olympischen Spielen werden wir die meisten Medaillen gewinnen!"

Kim grinste. „Na klar, wer sonst. Aber ich nehme trotzdem lieber einen Schoko-Becher. Und für Kija bitte ein Schälchen Milch."

Der Italiener nickte. Er kannte die Sonderwünsche seiner Stammgäste.

Auch Leon und Julian gaben ihre Bestellungen auf. Als der Italiener gegangen war, zog Leon ein Blatt Papier aus seinem Rucksack.

„Oh, eine Liste mit Wetten?", fragte Julian feixend.

„Nein", erwiderte Leon stolz. „Das ist meine Ehrenurkunde für die Bundesjugendspiele."

„Gratuliere!", rief Julian. „Jetzt fehlt nur noch der Siegerkranz!"

Nun griff Kim ebenfalls in ihren Rucksack. „Wie ihr seht, bin ich vorbereitet", sagte sie, während sie eine Stoffblumengirlande daraus hervorzog. Sie wand sie geschickt zu einem Kranz, stellte sich hinter Leons Stuhl und platzierte das Gebilde mit einer großen Geste auf seinem Kopf.

Die Olympischen Spiele der Antike und ihr Superstar: Milon von Kroton

Olympia hat eine Jahrtausende währende Geschichte. Die ältesten schriftlichen Zeugnisse über olympische Sieger stammen aus dem Jahr 776 v. Chr. Als erster Name findet sich in diesen offiziellen Siegerlisten der des Kurzstreckenläufers Koroibos von Elis.

Laut der griechischen *Mythologie* wurde Olympia deshalb zu einem heiligen Ort, weil dort Zeus mit seinem Vater *Kronos* um die Weltherrschaft gekämpft haben soll. Zeus triumphierte und stieg zum höchsten Gott der Griechen auf.

Um Zeus zu ehren, errichteten die Griechen einen Altar und später einen Tempel für den Gott der Götter. Alle vier Jahre gab es ein großes Opferfest für Zeus. Es fand immer am zweiten Vollmond nach der Sommersonnenwende statt, also fiel der Termin in die Monate Juli oder August. Das Fest wurde mit sportlichen Wettkämpfen verbunden. Im Laufe der Jahrhunderte wurden die anfänglich bescheidenen Zeusspiele zu einem bedeutenden sportlichen Ereignis für ganz Griechenland. Zeus galt als Schutzgott der Sportler, ihm brachten die Athleten Opfer dar, um sich seinen Beistand zu sichern. Die Spiele wurden zu einem regelrechten Jahrmarkt, zu einem gesellschaftlichen Ereignis, bei dem gefeiert und auch gewettet wurde.

Das Fest zu Ehren von Zeus verlangte den sogenannten „Gottesfrieden“. Dieser garantierte allen nach Olympia reisenden Wettkämpfern und Zuschauern für die Hinreise, die Dauer der Spiele und die Rückreise Sicherheit. Mehrere Stadtstaaten vereinbarten einen Vertrag, der auf einem bronzenen Diskus schriftlich festgehalten wurde. Darauf soll gestanden haben: „Olympia ist ein heiliger Ort. Wer es wagt, die Stätte mit bewaffneter Hand zu betreten, wird als Gottesfrevler gebrandmarkt. Ebenso gottlos ist aber auch jeder, der, wenn es in seiner Macht steht, eine solche Untat nicht rächt.“

Für die Bewohner der griechischen Stadtstaaten (das geeinte Griechenland gab es noch nicht), die immer wieder blutige Auseinandersetzungen untereinander ausfochten, bedeuteten die Spiele somit eine zumindest kurze Zeit des Friedens.

Es gab nicht nur Spiele in Olympia, sondern auch in Delphi (Apollon geweiht), Nemea und Isthmia (beide Poseidon geweiht). Einem Sportler, der alle vier Wettkämpfe gewann, wurde der Ehrentitel Periodonike verliehen. Die Sieger erhielten in Olympia einen Kranz vom heiligen Olivenbaum, in Delphi einen Lorbeer-, in Nemea und Isthmia einen Fichten-Kranz. Außerdem durften die Sieger ein Standbild von sich aufstellen, wurden in ihrer Heimat mit großen Ehren empfangen, brauchten keine Steuern mehr zu zahlen, wurden auf Staatskosten verpflegt, erhielten Ehrenplätze im Theater sowie Geld- und Sachgeschenke. Kurz gesagt: Ein Sieger hatte für den Rest seines Lebens ausgesorgt. Wer Zweiter oder Dritter wurde, galt als Verlierer und ging leer aus (Silber- und Bronzemedaillen gab es nicht). Kein Wunder, dass Bestechung und Betrug an der Tagesordnung waren – bei Sportlern, Schiedsrichtern und Wettspielern. Wer erwischt wurde, wurde hart bestraft und fand unter anderem seinen Namen auf einer der Zanes wieder.

An den Spielen durften nur männliche Griechen teilnehmen, die frei geboren, also keine Sklaven waren und kein schweres Verbrechen begangen hatten. Zunächst waren es reiche Adlige, später auch Berufssportler. Für die Teilnahme trainierten die Männer hart. Bereits zehn Monate vor Beginn der Wettkämpfe nahmen die Athleten das Training in ihren Heimatorten auf. Die meisten hatten einen persönlichen Trainer. Die Sportler mussten viele Stunden am Tag üben. Die Einhaltung dieser

Zehn-Monats-Frist war für alle Teilnehmer bindend. Mindestens einen Monat vor Eröffnung der Spiele mussten sich alle Teilnehmer in Elis einfinden. Dort siebten die Schiedsrichter die schwächeren Athleten aus. Nur die Besten durften in Olympia starten. Sie taten das übrigens nackt.

Der berühmteste aller antiken Athleten war Milon von Kroton. Er war sechsfacher Periodonike. Es wird berichtet, dass er ein eher schmächtiger Junge gewesen sein soll, der von den Nachbarskindern oft verprügelt wurde. Daraufhin begann er, seine Muskeln zu stählen, um sich wehren zu können. Angeblich soll er ein neugeborenes Kalb genommen und es täglich gestemmt haben. Jedenfalls war Milon von Kroton 30 Jahre lang unbesiegbar. Diese Erfolge bildeten auch die Grundlage für zahlreiche Legenden um Milon, wie die nicht alltäglichen Essgewohnheiten, die Leon zu Beginn des Buches zitiert. So soll er nach dem sechsten Sieg seine schwere Steinstatue selbst in die Altis getragen haben. Der zeitgenössische Autor Pausanius (er lebte etwa zwischen 150 bis 200 n. Chr.) berichtet: „Er band sich eine Darmsaite wie eine Binde um den Kopf. Dann hielt er die Luft an, füllte die Adern am Kopf mit Blut und zerriss mit der Kraft der Adern die Saite." Erst im Jahr 512 v. Chr. fand Milon seinen Meister: Er verlor den Ringkampf gegen Timasitheos, der ebenfalls aus Kroton stammte. Wenige Jahre später starb Milon – angeblich beim Versuch, einen Baum auseinanderzureißen.

Auch ohne seinen ganz großen Helden erfreuten sich die Spiele weiterhin größter Beliebtheit. Doch im Jahr 394 n. Chr. kam das Ende der antiken Olympischen Spiele. Der christliche Kaiser Theodosius I. glaubte nur an einen Gott. Die Welt der Griechen mit ihren zahlreichen Göttern war ihm nicht geheuer. Er hielt die Spiele für einen heidnischen Kult und verbot sie.

Die Spiele der Neuzeit begannen 1896. Als Treffen der Jugend der Welt sollten sie nicht nur Wettkämpfe bieten, sondern für Völkerverständigung sorgen. Die Eröffnungsfeiern enthalten auch heute noch einige traditionelle Elemente. Los geht es mit der Nationalhymne des Gastgebers, dann marschieren die Sportler ein – als Erstes immer die Griechen. Das Staatsoberhaupt der Gastgeber eröffnet dann offiziell die Spiele. Es folgt die olympische Hymne, während die olympische Flagge ins Stadion getragen wird. Anschließend sprechen ein Sportler und ein Schiedsrichter stellvertretend für alle anderen den olympischen Eid. Zuletzt entzündet ein berühmter Sportler das olympische Feuer in einer großen Schale.

Glossar

Agone Wettkämpfe

Alpheios Fluss südlich von Olympia

Altis heilige Stätte

Amphore antikes, längliches Gefäß in ganz unterschiedlicher Größe mit zwei Henkeln, wurde meistens zum Transport oder zum Lagern von Wein oder Öl benutzt

Apollon griechischer Gott des Lichts, der Musik und der Heilkunst

Ares griechischer Gott des Krieges, aber auch des Feldes

Athlet Wettkämpfer; abgeleitet vom griechischen Wort *athlon*, was so viel wie Gewinn, Preis bedeutet

Balbis Schwelle aus Stein, die als Starthilfe beim Laufen diente

Buleuterion Versammlungsort der Bule, des Rates der Stadt (= Rathaus)

Chiton altgriechisches, röhrenförmiges Gewand, das an den Schultern zusammengenäht war

Delphi griechische Stadt am Golf von Korinth, berühmt für ihr Orakel und die Wettkämpfe, die denen von Olympia ähnelten

Demeter griechische Göttin des Ackerbaus

Dionysos griechischer Gott des Weins

Drachme griechische Silbermünze

Elis Stadtstaat, 58 Kilometer von Olympia entfernt. Elis oblagen die Organisation und Verwaltung der Olympischen Spiele und der heiligen Stätten Olympias. In Elis bereiteten sich die Athleten vor dem Start der Spiele vor.

Fluchtafel in der Antike in Ton geritzte oder auf Ton geschriebene Verwünschungen

Hekate griechische Göttin der Geister, der Gespenster und Dämonen

Hellanodik antiker Schiedsrichter

Hera griechische Göttin der Ehe und der Familie

Herakles unter die Götter aufgenommener Sagenheld, Gott der Athletik (Sport) und der Reise

Hermes griechischer Gott der Fruchtbarkeit, der Herden und der Gymnastik; Beschützer der Kaufleute; Götterbote

Himation rechteckiger Überwurf, von Männern über dem Chiton getragen

Hippodrom antike Pferderennbahn

Isthmia Stadt auf dem Peloponnes, bekannt für ihre

antiken Wettkämpfe, die den Spielen von Olympia ähnelten

Kapitell Oberteil einer Säule, auf dem das Tempeldach ruht

Kithara große, hölzerne Leier

Kronos griechischer Gott, Vater des Zeus

Kroton Das heutige Crotone liegt in Kalabrien (Süditalien) und hat etwa 60 000 Einwohner. Das antike Kroton wurde 710 v. Chr. von Griechen gegründet. Viele berühmte Athleten kamen aus dieser Stadt – wie Milon.

Mastigophoren Diese Aufseher hatten bei den Spielen die Aufgabe, die Sportler bei Regelverstößen mit der Peitsche zu schlagen.

Maza Brei oder Teig aus Wasser, Gerste, Honig, Wein oder Milch

Mythologie Mythos (griechisch) bedeutet „Rede, Erzählung" und meint die Erzählung vom Wirken der Götter und Helden aus vorgeschichtlicher Zeit. Die Mythologie ist die Gesamtheit dieser mythischen Vorstellungen.

Nemea Stadt auf dem Peloponnes, bekannt für ihre antiken Wettkämpfe, die denen von Olympia ähnelten

Nike griechische Siegesgöttin

Olympia, Olympiade, Olympische Spiele Olympia ist ein heiliger, dem Gott Zeus geweihter Ort im Westen des Peloponnes. Im Jahr 776 v. Chr. wurden bei den dortigen sportlichen Wettkämpfen erstmalig Sieger schriftlich erwähnt. „Olympiade“ bedeutet nicht dasselbe wie „Olympische Spiele“, sondern bezeichnet den Zeitraum von vier Jahren, der mit den Spielen abgeschlossen wird.

Papyrus antiker Vorläufer des Papiers

Peloponnes griechische Halbinsel, 21 500 Quadratkilometer groß, mit heute einer Million Bewohner. Berühmt vor allem wegen seiner vielen historischen Stätten wie Olympia aber auch Sparta

Periodonike Sportler, der in seiner Disziplin sowohl in Olympia als auch in Delphi, Nemea und Isthmia gewonnen hatte

Poseidon griechischer Gott der Gewässer, Bruder des Zeus

Quadriga antiker, einachsiger Rennwagen, der von vier Pferden gezogen wurde

Schatzhäuser kleine, tempelförmige Gebäude, die Weihgeschenke an Heiligtümer (wie Olympia) waren und wertvolle Geschenke schützten

Taxiarch hoher Offizier in der griechischen Armee

Zan(es) Schandsäule(n); auf diesen Steinsäulen mit einem Bildnis von Zeus wurden die Namen derjenigen eingemeißelt, die bei den Olympischen Spielen betrogen hatten

Zeus mächtigster Gott der griechischen Götterwelt, Gott des Himmels

Zeus Horkios besonderes Zeus-Standbild. Es stellt den Meineid rächenden Zeus dar, der in jeder Hand einen Blitz hält, bereit, diese Blitze gegen alle Wortbrüchigen einzusetzen. Wer den olympischen Eid brach (also betrog, Schiedsrichter bestach oder Regeln missachtete), wurde von Zeus Horkios grausam bestraft.

Lies mich ...

Leseprobe
aus dem Zeitdetektive-Doppelband
„Marco Polo und der Geheimbund &
Montezuma und der Zorn der Götter"
von Fabian Lenk
ISBN 978-3-473-54371-1

Halbdunkel empfing sie. Unsicher schauten sich die Freunde um.

„Ein Karren!" Kim war verblüfft. „Wir sind in einem Karren gelandet. Jungs, prägt ihn euch gut ein, er ist unsere Rückfahrkarte nach Siebenthann."

„Na klar", erwiderte Julian nur, während er von dem zweiachsigen Holzkarren stieg. Er sah sich um. Zweifellos befanden sie sich in einem Stall. Pferde wieherten, Kamele blökten. Ein riesiger *Yak* scheuerte seine Hörner an einem Balken. Es roch nach Heu und Mist.

„Ihr seht übrigens hübsch aus", sagte Julian grinsend zu Kim und Leon.

„Du aber auch", erwiderte Leon.

Alle drei trugen Lederstiefel, grobe, weite Hosen, gewebte, dunkelbraune Hemden und auf den Köpfen Mützen mit einem Rand aus Fell.

„Der letzte Schrei“, kommentierte Kim, während sie Kija auf den Boden ließ. „Aber wo sind wir hier eigentlich? Und wo ist Marco Polo?“

In diesem Moment betrat ein Mann mit einer auffallend platten Nase und leicht schräg stehenden Augen den Stall. Er hatte eine Mistgabel geschultert. Als der Mongole die Gefährten erblickte, wurden seine Augen schmal. „Was habt ihr denn hier verloren?“, knirschte er.

„Wir haben niemanden verloren, wir suchen jemanden“, antwortete Julian höflich.

„Ach ja?“, erwiderte der Mann und rammte die Mistgabel unmittelbar vor Julian in den Boden, wo sie federnd stecken blieb.

Erschrocken wichen die drei Kinder einen Schritt zurück.

„Habt Angst, was?“, sagte der Mongole lau-

ernd. „Das solltet ihr auch. Denn wir mögen hier keine Diebe. Bestimmt wolltet ihr Vieh stehlen!“

„Nein, niemals!“, riefen die Freunde. „Wir suchen wirklich jemanden. Er heißt Marco Polo.“

Der Mann stutzte. Dann kratzte er ausgiebig seine Bartstoppeln. Langsam wich das Misstrauen aus seinem runden Gesicht. „Polo? Diesen Namen habe ich doch schon mal gehört … Bin mir aber nicht sicher. In einer solchen *Jamb* ist schließlich ein ständiges Kommen und Gehen.“

„Eine Jamb?“, fragte Kim.

Der Mongole sah sie überrascht an. „Wie, das weißt du nicht? Eine Jamb ist eine Poststation, Mädchen, und zugleich eine *Karawanserei*. Hat unser gottvoller Kublai Khan eingerichtet. Woher kommst du denn, beim großen *Köke Tngri*?“

„Ach so, eine Jamb, natürlich“, sagte Kim schnell, „ich hatte gerade etwas Falsches verstanden.“

Der Mann riss die Mistgabel aus dem Boden. „Wer so ahnungslos ist wie ihr, ist bestimmt zu dumm, um Vieh zu stehlen.“

Kim nickte. Sollte er das doch glauben. Hauptsache, der Mann verdächtigte sie nicht länger, Diebe zu sein!

„Ja, so eine Jamb ist wirklich eine gute Sache“, fuhr der Mongole jetzt fort. „Die Stationen liegen alle nur einen Tagesritt auseinander. Die Boten des Khans können wichtige Dokumente von Jamb zu Jamb transportieren. Dort warten immer frische Pferde und ausgeruhte Kuriere. Übernachten können die Boten in der Karawanserei, wie auch die vielen durchreisenden Händler. Und für mich gibt es hier stets Arbeit und Lohn als Stallbursche!“

„Wo können wir Marco Polo finden?“, fragte Julian.

Der Mann hob die Schultern. „Vielleicht in der Karawanserei.“ Er deutete mit dem Daumen zum Tor. „Da lang. Und jetzt verschwindet hier.“

Rasch verließen die Freunde den Stall.

Ravensburger Bücher

Spannung im Doppelpack!

DOPPELBAND nur je € [A] [D] 5,–

Band 5 & 6

ISBN 978-3-473-54368-7

Band 7 & 8

ISBN 978-3-473-54369-1

Band 9 & 10

ISBN 978-3-473-54370-0

Band 11 & 12

ISBN 978-3-473-54371-7

www.ravensburger.de

Ravensburger

RTB_10_052